무정철협

월인 新무협 판타지 소설

FANTASTIC ORIENTAL HEROES

무정철협 5

월인 新무협 판타지 소설

초판 1쇄 찍은 날 § 2013년 4월 5일
초판 1쇄 펴낸 날 § 2013년 4월 12일

지은이 § 월인
펴낸이 § 서경석

편집부장 § 권태완
편집책임 § 박우진

펴낸곳 § 도서출판 청어람
등록번호 § 제1081-1-89호
등록일자 § 1999. 5. 31
어람번호 § 제2-2326호

주소 § 경기도 부천시 원미구 심곡2동 163-2 서경B/D 3F (우) 420-822
전화 § 032-656-4452 팩스 § 032-656-4453
http://www.chungeoram.com
E-mail § chungeorambook@daum.net

ISBN 978-89-251-3241-9 04810
ISBN 978-89-251-3131-3 (세트)

무정철협

월인 新무협 판타지 소설

FANTASTIC ORIENTAL HEROES

5

구출(救出)

도서출판 청어람

目次

第五十章

대적(對敵)

두두두—

한 사내를 태운 말이 대문을 향해 질풍처럼 달려왔다.

정문이 가까워지는데도 조금도 속도를 늦추지 않는 그 기세는 마치 문을 뚫고 나갈 것 같았다.

그만큼 말의 질주는 사나웠다.

"어이쿠!"

정문을 지키고 있던 사내 네 명이 비명을 지르며 양옆으로 몸을 던졌다.

히히히힝—

달려오던 말은 정문 바로 앞에서 긴 울음과 함께 앞발 두

개를 번쩍 들며 멈추어 섰다. 하마터면 말과 함께 대문에 충돌할 뻔한 거칠고 아슬아슬한 기마술이었다.

휘익—

위험천만한 기마술을 펼친 사내가 말 위에서 급히 내려섰다.

서툴고 거친 기마술과는 달리 몸을 날리는 경신술은 깃털처럼 가볍고 표홀했다.

홀쩍 큰 키의 사내였다.

그러나 온몸뿐만 아니라 얼굴에도 온통 먼지를 뒤집어써 용모는 알아보기 힘들었다. 등에 검을 메고 있는 것으로 보아 무인임을 짐작할 뿐이었다.

미친 듯이 말을 몰고 와 대문 앞에서 내린 사내는 대문을 밀칠 듯 곧장 앞으로 나아갔다.

"이런 미친놈을 보았나?"

일어선 사내 하나가 눈에 불을 켜며 고함을 질렀다.

자신들을 소낙비에 놀란 개구리처럼 양옆으로 몸을 던져 바닥에 나뒹굴게 만든 장본인이었다. 무릎을 꿇고 사과를 해도 살려줄까 말까 한데 허락도 없이 안으로 들어가려고 하니 귓구멍으로 연기가 치솟을 지경이었다.

"여기가 어디라고 감히……."

다른 사내 하나도 대문 중앙으로 나서며 검병을 잡았다.

그러나 사내는 검을 뽑지도 못한 채 뒤로 넘어갔다.

뒤이어 그의 머리가 기우뚱 아래로 굴러떨어졌다.

"으아악!"

머리를 잃은 동료의 목에서 피분수가 터져 오르는 것을 본 사내가 비명을 질렀다.

흑도 생활 십 년이 넘었지만 이런 상황은 아직 겪은 적이 없었다.

검에 심장이 찔려 죽는 모습은 보았어도 일검에 무 잘리듯 목이 잘리며 목을 잃은 몸뚱이에서 피가 솟구치는 장면은 보지 못했다.

"어으으……."

다른 사내 하나도 얼이 빠진 채 비명도 제대로 지르지 못하고 입만 벌렸다.

쿵!

비로소 머리를 잃은 몸뚱어리가 뒤로 넘어갔다. 그리고 붉은 피가 바닥을 물들였다.

쿵! 쿵! 쿵!

반쯤 혼이 나간 사내 세 명이 그 자리에 주저앉았다.

쌔애액―

대문 앞에서 지옥도를 펼친 먼지투성이의 사내가 다시 검을 휘둘렀다.

콰아앙!

양쪽에서 각각 두 사람이 밀어야 활짝 열릴 것 같은 큰 대문이 일검에 박살이 나며 뒤로 튕겨 나갔다. 그리고 그 사이로 나무 부스러기들이 자욱하게 비산했다.

이건 검으로 자른 것이 아니라 검에서 뿜어져 나오는 기운으로 박살을 낸 것이다.

"어어……."

다시 사내 하나가 오장육부에서 흘러나오는 신음을 토했다.

그들은 절체절명의 순간에 힘이 빠지며 주저앉게 한 자신의 다리에 절이라도 올리고 싶은 심정이었다. 만약 그 순간 힘이 빠지지 않고 꼿꼿하게 서 있었다면 먼저 간 동료처럼 목이 달아났든지 아니면 저 대문처럼 박살이 났을 것이다.

질풍처럼 말을 몰고 와서 진성무관의 대문을 박살 낸 사람은 이한성이었고 정문을 지키던 사내들은 장현방의 방도들이었다.

"웬 놈이냐?"

육중한 대문이 박살 나며 이한성이 들어서자 진성무관을 점령한 장현방도들이 우르르 몰려나오며 난리법석을 떨었다.

이한성은 그들에게는 일말의 눈길도 주지 않고 석상처럼 천천히 안으로 걸어 들어갔다.

진성무관주 형제들과 사진용, 사진혜를 꺾은 자는 절대로 장현방의 떨거지들이 아니다.

놈은 그들과는 차원이 다른 고수다. 그자가 목적이지 다른 놈들은 전혀 신경 쓸 인간들이 아니었다.

그러나 어디든 불나방 한두 마리는 있게 마련이었다.

"미친 놈!"

거치도를 든 사내 하나가 득달같이 달려들었다.

큰 덩치에 타고난 신력이 엿보이는 사내였다.

외당당주 옥기화가 폐인이 되면서 장현방 외당은 물갈이를 했고 그에 따라 대주 자리도 하나 새로 생기며 신임 대주가 된 자였다.

그동안 그는 신임 대주로서 모두에게 무언가를 보여주고 싶은 마음이 간절했었다.

쉬이익―

거치도가 이한성의 목을 향해 바위라도 자를 듯 맹렬하게 날아들었다.

서걱―

섬뜩한 소리와 함께 거치도를 휘두른 사내의 팔이 허공으로 떠올랐다.

팔과 같이 떠오른 사내의 거치도가 허공에서 양광을 반사했다.

"이, 이게?"

사내는 거치도를 든 자신의 팔이 왜 허공에 있는지 이해가 안 가는 표정으로 자신의 어깨를 내려다보았다.

"아아악!"

비로소 사내가 목이 터져라 비명을 질렀다.

아직까지 고통은 느껴지지 않았다.

비명을 지른 건 깨끗이 잘려 나간 어깨 아래를 보며 기절초풍할 듯 놀라서였다.

파아앗—

피분수가 터져 나오고 뒤늦게 고통이 찾아왔다.

"으아아악!"

사내는 더 큰 고함과 함께 혼절하고 말았다.

이한성은 여전히 같은 걸음걸이로 연무장 안으로 향했다.

개떼처럼 달려들던 장현방도들이 물길이 갈라지듯 갈라졌다.

도저히 자신들의 상대가 아니었다.

온몸 가득 피어나는 살기는 다가가는 것만으로도 숨이 컥 막혔다.

갈라진 물길이 순식간에 건물 앞쪽까지 이어졌다.

그리고 그 끝에 한 사내가 조용히 서 있었다.

생사혈검 오필만이었다.

이한성은 천천히 걸음을 멈추었다.

자신이 찾는 자는 바로 이자였다.

바람같이 표홀한 자세에 전신으로 늑대 같은 흉포한 기운이 자욱하게 풍겨 나왔다.

온몸이 빈틈 같으면서도 그 빈틈으로 짓쳐들면 그곳에서 순식간에 검날이 튀어나오며 급소를 찔러들 것 같은 사내였다.

이한성은 호흡을 고르듯 잠시 눈을 감았다.

사내의 내력을 읽기 위해서였다.

이제까지는 그럴 필요를 느끼지 못해 한 번도 시도해 보지도 않았다.

사내는 출관한 후 처음으로 그럴 필요성을 느끼게 만들었다.

사내의 온몸에 흐르는 기운이 서서히 읽어졌다.

온몸이 빈틈투성이인 것 같은 느낌과는 달리, 혈을 타고 흐르는 내력은 굵으면서도 **빠르게** 요동쳤다.

저렇게 **빠르게** 흐르는 내력을 지닌 자들은 임기응변의 명수들이다.

시시각각 내력의 흐름을 조절하며 자신의 육체를 바늘구멍만큼 작은 틈에도 반응하게 만든다.

낭인검!

한눈에 보아도 사내는 떠돌이 낭인이었다.

그래서 살수무공을 익힌 사진용 남매가 당한 것이라는 생각이 들었다.

저런 **빠른** 내력의 흐름으로 시시각각 변초와 임기응변의 수법을 펼치면 순간의 약점을 파고드는 살수들이라도 속수무

책일 것이다. 저 정도면 중원 최고의 살수들이나 상대가 가능할 것 같았다.

아쉬운 점이 있다면 정종무공을 익히지 못해 내력의 도도한 흐름이 떨어진다는 것이다.

오필만의 내력을 빠르게 읽은 이한성은 천천히 눈을 떴다.

오필만이 흠칫 이한성의 시선을 맞받았다.

깊이 가라앉은 이한성의 눈이 심장을 얼릴 듯했기 때문이다.

그 눈은 절대로 스물 정도밖에 안 되어 보이는 청년의 눈이 아니었다. 무수한 실전을 치른 노고수들에게서나 볼 수 있는 부동심의 기운이 느껴졌다.

오필만은 실로 오랜만에 등줄기로 식은 땀 한줄기가 흘러내리는 것을 느낄 수 있었다.

하지만 그럴수록 투지가 더 타오르는 체질인 오필만은 검을 쥔 손아귀에 불끈 힘을 주었다.

휘이잉—

장내를 가로지르던 바람 한줄기가 소스라치게 놀라며 허공으로 치솟았다.

마주한 두 사람 사이에 펼쳐진 기운이 너무 살벌했기 때문이다.

두 사람 주변으로 족히 백 명도 넘는 사람이 숨소리마저 죽인 채 두 사람을 쳐다보고 있었다.

휘잉—

다시 바람 한줄기가 불어와 허공으로 솟구쳐 올랐다.

이번에는 제법 세찬 바람이라 흙먼지가 일어 대치한 두 사람을 휘감았지만 두 사람은 눈 하나 깜박이지 않고 서 있었다.

"기다렸네."

오필만이 오랜 친구에게 하듯 말했다.

"내 사제들은?"

이한성은 사진혜와 사진용의 안위를 물었다.

"죽이진 않았네."

오필만이 억양 없이 답했다.

이한성의 눈이 더욱 차가워졌다.

죽이지 않았다는 말은 목숨은 살려두었지만 그 외 다른 위해는 얼마든지 가했을 수도 있었다.

"천 의원님은?"

이한성이 다시 질문했다.

"그 사람은 무인이 아니지."

무인이 아니기에 사진용과 사진혜에게와 같은 위해는 가하지 않았단 말이었다.

이한성은 낮게 한숨을 내쉬었다.

천호연은 무사했고 사진혜와 사진용도 살아 있다.

최악의 상황은 면한 것이다.

이한성은 천천히 내력을 끌어올렸다.

천호연과 사진용 남매를 구하려면 이자를 베어야 한다.

말투나 눈빛에서 약점을 잡아 상대를 핍박하는 저열한 인간은 아니라는 느낌이 들었다. 그러나 검을 마주하며 대적하고 선 이상 베어야 할 적일 뿐이었다.

아울러 앞에 선 이자와의 대결은 아주 좋은 실전 경험이 될 것 같았다.

이자는 얼마 전 정주유검가의 담을 넘었던 복면인들보다 훨씬 강해 보였다.

그들 역시 강한 자들이었지만 그들은 어딘지 모르게 **딱딱**한 느낌이 들었다. 그러나 이 사내는 칡넝쿨처럼 질긴 느낌으로 다가왔다.

강철은 부러뜨릴 수 있지만 칡넝쿨은 절대로 부러지지 않는다. 사방에서 조여오는 칡넝쿨은 강철보다 훨씬 강할 수도 있었다.

이한성은 천천히 검을 사선으로 내렸다.

마라십이검의 기수식이었다.

되도록 세 초식 이상 쓰지 않고 싶었지만 불가능할지도 몰랐다.

그런 이한성의 모습을 보며 오필만의 눈에서 광채가 일었다.

단순한 자세였지만 일단 기수식을 취하자 이한성의 몸에

서 태산 같은 압력이 뿜어져 나왔다.

수많은 실전 경험을 치르면서 한 번도 마주쳐 본 적이 없는 기운이었다. 특히 저런 어린 나이의 청년에게서는 상상도 못할 기운이었다.

오필만은 가슴이 서늘하게 식어오는 것을 느꼈다.

전신에서 뿜어져 나오는 압력도 가공했지만 더욱 무서운 것은 나이에 비해 너무나 냉철했다.

그리고 대해처럼 잔잔했다.

동료들이 죽지 않았다고만 했지 무사하다고는 하지 않았다.

비겁한 협박은 아니었으나 적지 않은 도발은 될 터였다. 그렇게 함으로써 더욱 광폭하게 검을 휘두르게 하고 싶었다. 그리고 그 과정에서 맨손으로 검을 잡아 부러뜨리고 검기로 연못만 한 구덩이를 만들었다는 힘의 실체를 경험하고 싶었다.

그런데 상대는 전혀 감정에 휩싸이지 않았다.

오히려 더 차갑게 가라앉았다.

저런 인간이라면 앞으로 어떤 도발도 통하지 않을 것이다. 설사 동료를 끌어내어 목을 친다 하더라도 더욱 차갑게 분노할 것이다.

"이름이 뭔가?"

오필만이 물었다.

"이한성. 그러는 당신은?"

이한성은 짧막한 대답과 함께 같은 질문을 던졌다.

"오필만. 별호는 생사혈검이라고 하지."

오필만은 자신의 이름과 별호를 밝히며 이한성의 반응을 유심히 살폈다. 그러나 이한성의 표정이나 눈빛에서는 털끝만큼의 변화도 일지 않았다.

강호초출이라 모르고 있는 것 같았다. 아니면 알고도 변함없는 평정을 유지하는 것 같기도 했다.

챙!

더 이상 대화는 무의미하다는 것을 느낀 오필만이 검을 뽑았다.

특별한 장식도 없고 비범한 광채도 뿜어지지 않는 평범한 철검이었지만 그것이 오필만의 손에서 휘둘러지면 생사를 가르는 혈검이 된다.

진기가 흘러 들어간 오필만의 검에서 물씬 피냄새가 피어올랐다.

이한성도 검을 잡은 손에 내력을 불어넣었다.

우우웅—

적운검에서 무거운 진동음이 흘러나왔다. 그러자 더욱 강한 압력이 오필만을 향해 파도처럼 덮쳐갔다.

그것은 흡사 수십 겹의 철망이 온몸을 조여오는 듯한 느낌이었다.

파앗—

압박감을 견디지 못한 오필만이 발끝으로 땅을 박찼다.

보통의 경우라면 아들 나이인 이한성에게 선공을 양보했을 것이지만 그렇게 하기엔 덮쳐오는 기운이 너무 거셌다.

슈우욱—

오필만의 몸이 쭈욱 늘어나는가 싶더니 순식간에 이한성의 코앞으로 육박했다.

빈틈을 노려 상대의 목숨을 뺏는 사진용이나 사진혜보다 오히려 더 돌발적인 움직임이었다.

그러나 조금도 당황하지 않은 이한성은 미세하게 어깨를 움직였다.

순간, 이한성의 몸이 바람에 날린 갈대처럼 흔들렸다.

그 간단한 움직임으로 오필만의 공격을 무위로 흘린 이한성이 세차게 검을 뿌렸다.

쌔애액—

이한성의 검이 벼락처럼 오필만을 향해 떨어져 내렸다.

검에서 터져 나오는 압력만으로도 살이 갈라지고 뼈가 부서질 만큼 위협적이었다.

오필만이 쾌속하게 신형을 회전시켰다. 그리고 그 회전력을 고스란히 실어 이한성의 허리를 베어갔다.

수비와 동시에 번개 같은 공격을 펼치는 실전검의 정수가 펼쳐진 것이다.

휘리릭—

이한성의 검이 어지럽게 흔들렸다.

순식간에 이한성의 검이 그물망을 펼쳐내며 쇄도해 드는 오필만의 검을 가두어갔다.

까까까깡—

고막을 찢을 듯한 쇳소리와 함께 불똥이 튀어올랐다.

오필만의 눈이 자신도 모르게 부릅떠졌다.

검에서 전해진 충격파가 팔을 통해 온 혈맥으로 타고 흐르며 내부를 진탕시켰다.

순식간에 그물 같은 검세를 펼치는 수법도 놀랄 만했지만 그 검에 실린 역도는 경악스러웠다.

저런 어린 나이에 쌓을 수 있는 내력이 아니었다.

그러나 놀람도 잠시, 오필만의 검이 기이한 각도로 꺾이며 이한성의 배를 아래에서부터 위로 그어 올라왔다.

어떻게 저런 각도에서 그런 검로가 이루어지는지 이해가 되지 않는 움직임이었다.

그것은 기이한 초식의 구현이 아니었다.

수십, 수백 번의 실전을 겪으며 터득한 효용을 검리에 결합시킨 그만의 검초였다.

예상도 어렵고 수비도 어려운, 그래서 더욱 치명적인 검법이었다.

장현방도 중, 무공이 일류의 반열에 있는 몇몇 수뇌부는 오필만의 검이 이한성의 복부를 가를 것이라는 것을 믿어 의심치 않았다.

아무리 내력이 출중하다고 하지만 아직은 경험이 부족한 애송이였다. 그런 애송이에게 이런 식의 공격은 대처할 생각조차 불가능한 것이었다.

그러나 그들의 기대는 한순간에 여지없이 깨어지고 말았다.

오필만의 검이 복부에 닿는다는 느낌이 드는 순간 이한성은 신형을 쾌속하게 회전시키며 한 발 옆으로 이동했다. 동시에 이한성의 검이 다시 그물 같은 검세를 펼치며 오필만을 덮쳐왔다.

오필만의 표정이 딱딱하게 굳었다.

이런 움직임은 일찍이 겪은 적도 없었고 상상도 해보지 못했다.

'현문(玄門)의 초상승의 검법!'

오필만의 뇌리에 그런 생각이 가득 들어찼다.

상승검법일수록 화려함과는 거리가 먼, 무겁고 단순해 보인다.

그러나 그 무겁고 단순한 초식 속에는 어떤 화려하고 살벌한 초식보다 더 세밀하고 견고한 검초가 숨어 있다. 그것들이 한꺼번에 펼쳐지기에 무겁고 단순해 보이는 것이다.

방금 이한성이 펼친 신법은 지극히 단순해 보이지만 어떤 각도에서 날아오는 공격이라도 충분히 대처할 준비가 되어 있었다.

또한 다음 공격도 극강하게 펼칠 수 있었다.

그 극강의 기운이 세차게 몰려왔다.

우우웅―

검이 쇄도하기도 전에 엄청난 압력이 숨을 막아오는 기분이었다.

휘익―

살벌한 공격을 펼치던 오필만이 훌쩍 몸을 날려 검세에서 벗어났다. 동시에 비룡번신(飛龍翻身)의 수법으로 허공에서 몸을 세 번이나 뒤튼 오필만이 세차게 검을 뿌렸다.

강력한 회전력과 함께 허공에서 떨어져 내리는 힘이 합쳐진 검은 산악이라도 가를 듯했다.

이한성은 오필만의 검을 피하지 않고 태산같이 그 자리에 버티고 서 있었다.

"하앗―"

오필만의 검이 정수리 한 치 앞까지 날아든 순간 이한성은 기합성과 함께 적운검을 쳐올렸다.

콰앙―

쇠와 쇠가 부딪히는 소리가 아닌, 포탄과 포탄이 부딪쳐 터지는 것과 같은 굉음이 장내를 진동시켰다.

강렬한 기파에 제일 앞줄에 서 있던 몇 명의 장한이 코피를 쏟으며 튕기듯 뒤로 물러났다.

'으음―'

오필만은 신음을 삼켰다.

목으로 비릿한 냄새가 솟구쳤다.

내상을 입은 것이다.

오필만은 뇌리가 온통 헝클어지는 기분이었다. 그러면서도 등줄기에는 식은땀이 흘러내리고 있었다.

설마 내력에서 밀리리라고는 생각지 않았다.

며칠 전에 대적한 일남일녀는 날카롭기 짝이 없는 검을 휘둘렀다. 그 뱀의 독니 같은 검을 내력을 가득 실은 검으로 쳐내며 쓰러뜨렸다.

그들과 사형제지간이라 했기에 같은 방식으로 상대해 나갔는데 그들과는 천양지차였다.

우선 내력부터 완전히 달랐다.

그들의 검은 지독히 매섭고 날카로웠다. 그러나 내력은 자신보다 한참 아래였다.

그런데 지금 마주한 청년은 깊이를 헤아릴 수 없는 내력을 소유하고 있었다. 또한 그의 검 역시 두 동료의 검과는 확연히 달랐다.

독사의 독니처럼 매섭고 날카로운 그들의 검에 비해 바위처럼 무겁고 두터웠다. 그러나 그 검이 앞으로 뻗어 나올 때는 두 남매의 검과는 비교할 수 없는 날카로움이 내포되어 있었다.

서로 사형제지간이라고 했지만 이 청년은 절대로 동문수
학한 사이가 아니다.

　그건 호랑이와 살쾡이를 한 배에서 나온 형제지간이라고
하는 것과 마찬가지다.

　오필만은 뒤로 물러나며 긴 호흡과 함께 진탕된 내부를 다
스렸다.

　그를 따라 장현방도들도 급급히 뒤로 물러났다.

第五十二章

실전감(實戰劍)의 명수(名手)

'생각보다 훨씬 강한 놈이다!'

장현방도들 속에서 흑의를 걸친 한 사내가 차가운 눈으로 이한성을 쳐다보고 있었다.

복장은 대주나 조장도 아닌, 일반 방도의 그것이었다. 그러나 깊이 가라앉은 눈빛은 산적 출신이 대부분인 장현방도들과는 확연히 구분되었다.

그는 총관 구일준이 속한 조직에서 비밀리에 장현방으로 투입된 자였다.

아직은 조직이 전면으로 나서지 않고 장현방을 이용해 허창에 뿌리를 내리려 하기에 그들은 진성무관을 무너뜨린 후 일반 방도로 위장해 투입되어 있었다.

차후 조직의 명령이 떨어지면 그들은 방주 마종각을 비롯해 수뇌부를 제거하고 장현방을 장악할 생각이었다.

'으음!'

침음성을 흘린 흑의 사내의 눈빛이 더욱 차가워졌다.

생사혈검 오필만이 내력으로 저 어린놈을 압도하지 못하고 있었다.

어린놈이 특이한 검법을 익혀 초식의 싸움에서 밀린다면 그건 백번 양보해 이해가 가능할 수도 있지만 내력에서 밀린다는 것은 도저히 납득이 가지 않았다.

'만반의 준비를 해야겠군.'

흑의 사내는 은밀히 뒤에 있는 부하를 불렀다.

부하가 천천히 다가왔다.

흑의 사내가 뭔가 지시를 하자 부하는 신속히 자리를 빠져나갔다.

부하에게 지시를 내린 흑의 사내는 오필만에게 시선을 고정시켰다.

휘리릭—

오필만이 검을 한 바퀴 돌려 반대로 잡았다.

엄지손가락 쪽에 검병이 튀어나오고 새끼손가락 쪽으로 검신이 뻗어 나온, 이른바 역검(逆劍)이었다.

역검은 지극히 변칙적이고 접근전을 펼칠 때 사용하는 검법이다.

검을 잡은 자세부터 정반대이기에 그 검로나 궤적은 예측을 불허했다.

찌르는 동작에서 베어 올 수도 있었고, 베는 동작처럼 보이는데도 찔러오는 수법을 펼칠 수도 있었다.

좌수검보다 오히려 더 까다로운 것이 역검법이었다.

그러나 역검으로 펼치는 검법은 정검법에 비해 공격 범위가 반 이상 짧아진다. 그래서 정상적인 상태에서는 공격력이 반으로 줄어들 수밖에 없다. 그 약점을 철저한 접근전으로 만회한다.

이한성이 도저히 내력으로 당할 수 없는 상대라 생각한 오필만은 바짝 접근하여 어지러운 변초와 환초로 상대할 생각이었다.

내공은 엄청나지만 나이로 보아 아직 실전경험이 부족할 수밖에 없는 이한성을 그렇게 상대하고자 생각한 것이다.

쉬이익—

발끝으로 바닥을 찍은 오필만의 신형이 이한성을 향해 육박해 들었다.

오필만의 의도를 읽은 이한성이 무겁게 검을 휘둘렀다.

쉬이익—

이한성의 검이 달려드는 오필만의 가슴을 잘라갔다.

이한성의 검이 가슴 한 치 앞으로 다가드는 순간 오필만이 철판교의 수법으로 상체를 땅에 닿을 듯이 눕히며 이한성의 두 다리를 노렸다.

정검법이었다면 철판교를 펼치며 중심 잡기도 바빠 공격은 제대로 못하겠지만 역검으로 몸에 검신을 밀착시킨 오필만은 최대한 이한성에 접근하며 앞으로 쇄도하는 속도에 검만 살짝 옆으로 내밀어 다리를 잘라오고 있었다.

예측 불능의 상황에 이한성은 땅을 박차고 오르며 신형을 뒤틀었다.

휘리릭—

이한성의 신형이 허공에서 언덕을 굴러 내려오는 통나무처럼 회전했다.

공격을 하면서 순간적으로 그런 동작을 펼치는 것은 절대로 쉽지 않았다. 그러나 이한성의 신형은 처음부터 그럴 작정이었던 것처럼 회전하며 오필만의 공격을 무위로 돌렸다.

오필만의 수법도 놀랄 만했지만 극히 짧은 순간 이한성이 펼친 수법 또한 눈이 팽 돌 정도였다.

그 짧은 순간에 공수를 변환하는 움직임은 가히 절정이라할 수 있었다.

그러나 더 놀라운 것은 오필만의 다음 공격이었다.

이한성이 회전하는 화살처럼 허공에 뜬 순간 검을 땅으로 박아 앞으로 쏘아지는 속도를 줄인 오필만은 철판교로 누운 자세에서 팽이처럼 옆으로 회전하며 허공에서 떨어져 내리는 이한성의 허리를 잘라갔다.

허공에서 떨어져 내리며 오필만의 검에 속절없이 허리가 갈리려는 찰나, 이한성이 왼손을 뻗었다.

따앙—

강기가 잔뜩 어린 이한성의 손이 오필만의 검신을 때렸다.

오필만의 검이 휘청 휘어지며 검로를 이탈했다.

그사이 이한성은 가볍게 땅에 내려서며 신형을 바로 세웠다.

"우우!"

주변을 포위하듯 둘러선 장현방도들의 입에서 자신도 모르게 탄성이 흘러나왔다.

순식간에 철판교을 펼치고 이한성의 다리를 잘라가는 오필만의 공격이나 그것을 막아내는 이한성의 수법은 자신들로서는 상상도 못할 수준이었다.

특히 이한성이 맨손으로 검을 쳐 내는 동작을 본 사람은 극소수에 불과했다. 대부분은 오필만의 검이 어디에 부딪쳐 그런 소리가 났는지 알지도 못했다.

팅겨나는 검을 겨우 놓치지 않고 잡은 오필만이 두 눈을 크게 떴다.

'대체……?'

오필만은 지금의 이 상황이 도저히 이해가 되지 않았다.

자신의 생각을 미리 읽고 있지 않은 이상 조금 전의 그 수비는 도저히 불가능한 것이었다.

이한성은 허공에 뜬 상태에서 신형을 뒤틀고 있었기에 자신의 공격을 볼 수가 없다. 더구나 역검으로 바짝 몸에 붙인 채 베어갔기에 기감으로도 감지가 불가능한 상황이었다.

그런데도 이한성은 왼손을 뻗어 자신의 검을 쳐 내버렸다.

맨손으로 자신의 검을 쳐 낸 것도 놀랄 일이었다.

주루에서 장현방도와 처음 부딪친 날 그렇게 했다는 말은 들었지만 그놈들의 검과 자신의 검은 그야말로 수수깡과 쇠막대기의 차이다.

그러나 그것은 차후에 따질 일이고 지금은 어떻게 이한성이 그 공격을 막아냈는지가 풀리지 않는 궁금증이었다.

이한성은 감았던 눈을 천천히 떴다.

전혀 예상하지 못했던 오필만의 수법에 허공으로 몸을 띄운 이한성은 섬뜩한 위화감과 함께 눈을 감았다. 그리고는 정수리에 신경을 집중했다.

예상대로 눈이 감지할 수 없는 사각에서 오필만의 검이 날아들었다.

오필만의 몸에 흐르는 기운보다 더 강한 기운이 스며든 검이었다.

사각에서 날아온 그 검에 베이면 허리가 잘리고 내장까지 상할 것 같았다.

그러나 사각이 없는 정수리의 눈은 그 검을 똑똑히 볼 수 있었고, 정확히 쳐 낼 수도 있었다.

이한성은 안계를 넓힌 기분이었다.

이런 식으로 검을 휘두르는 무인들도 있다는 것을 알았다.

사진용과 사진혜가 당한 이유를 알 것 같았다.

살수검을 익힌 그들의 검도 상궤를 벗어난 수법이 많았지만 앞에서 오필만은 그들을 훨씬 능가했다. 그에 더해 내력마저 한참 위이니 그들 두 사람이 한꺼번에 달려들어도 당할 수밖에 없었으리라.

이한성은 검을 들어 올렸다.

마라십이검의 기수식이 아니었다.

이유는 오필만의 검을 좀 더 견식해 보고 싶어서였다.

정체는 몰랐지만 아주 특이한 검법을 구사하는 자가 틀림없었다.

다시 한 번 좋은 경험이 되리라는 생각이 들었다.

번쩍!

오필만의 눈에서 번개가 튀었다.

이한성이 어떻게 자신의 공격을 그렇게 막았는지는 모르겠지만 그렇게 간단히 막힌 것은 스스로 도저히 용납할 수 없었다.

쉬쉬쉭―

오필만의 검이 어지럽게 춤을 추며 이한성에게로 짓쳐들

었다.

때로는 팔 뒤로 돌아가기도 하고 때로는 전혀 예상 못한 각
도에서 찔러오며 이한성의 전신 요혈을 노리고 들었다.

깡!

까강—

이한성이 그물처럼 검을 휘두르며 오필만의 검을 막아갔
다.

어느 순간 오필만의 검이 팔 뒤로 숨었다 강맹하게 튀어나
왔다.

파츠츠츠—

오필만의 검에서 마른 낙엽이 타는 소리가 흘러나왔다.

순간적으로 튀어나온 검에서 시퍼런 검기가 쏟아져 나왔
다.

쉬이익—

어지러운 그물망을 펼쳐내던 이한성의 검이 갑자기 무거
워지는 듯하더니 일도양단의 기세로 떨어져 내렸다.

콰앙—

두 자루 검이 마주친 곳에서 폭음이 터지며 흙먼지가 허공
으로 솟구쳤다.

파파팡—

흙먼지 속에서 오필만의 검이 미친 듯이 춤을 추며 여섯 가
닥의 검기를 쏟아냈다.

실타래에서 풀린 실 같은 빛줄기 여섯 가닥은 그 궤적에 있는 모든 것을 파괴할 듯 뻗어 나왔다.

차앙—

아래로 떨어져 내렸던 이한성의 검이 용수철에라도 튕긴 듯 솟구치며 검첨이 벌새의 날개처럼 진동했다.

치치칭—

이한성의 검에서 서리 같은 기운이 터져 나왔다.

처음에는 한줄기 쇠몽둥이처럼 터져 나온 기운은 어느새 그물이 되어 오필만이 펼친 여섯 가닥의 검기를 가두고 계속해서 뻗어 나갔다.

대경한 오필만이 검을 풍차처럼 휘둘렀다.

카카캉—

덮쳐오던 검기가 오필만이 만든 검막에 부딪쳐 흩어졌다.

그 순간 이한성이 검을 세차게 옆으로 그었다.

파앙—

날카로운 폭음이 터지며 이한성의 검첨에서 터져 나온 한줄기 검기가 오필만이 펼친 검막을 길게 잘라갔다.

마라십이검 제삼초식 벽뢰천운이었다.

정주유검가에서 복면을 쓰고 야습을 한 흑영단주를 상대할 때 펼친 후 두 번째였다.

콰콰쾅—

벽뢰천운의 강력한 한 가닥 검기가 오필만이 펼친 검막을 사정없이 찢었다.

퍼엉―

오필만의 검막이 파괴되며 폭음이 일었다.

그와 함께 오필만이 튕기듯 뒤로 밀려났다.

휘이익―

이한성의 신형이 그림자처럼 오필만을 따라붙었다.

그 모습은 마치 제비가 처마 밑을 스쳐 날아가듯 쾌속했다.

쉬익―

역검에서 정검으로 바꾼 오필만이 이한성의 심장을 향해 검을 뿌렸다.

중심을 잃고 뒤로 밀려나면서도 순간적으로 검을 뿌리는 그의 수법은 그야말로 백전노장다웠다. 만약 오필만이 뒤로 튕겨나는 그 순간 승기를 잡았다고 생각하며 달려들었다가는 속절없이 심장이 갈라졌을 것이다.

카앙―

냉정한 표정의 이한성이 오필만의 검을 쳐 냈다. 동시에 이한성의 신형이 더욱 가까이 오필만을 따라붙었다.

오필만의 눈이 어지럽게 흔들렸다.

뒤로 튕겨나는 신형은 아직도 중심을 잡지 못했다. 튕겨나며 일검을 휘둘렀기에 중심은 더욱 흐트러졌다.

그런 상태에서 상대는 더욱 가까이 접근하고 있었다.

이한성의 왼손이 오필만의 목을 잡을 듯 앞으로 뻗어 나왔다.

대경실색한 오필만이 검을 쳐올렸다.

그 순간 오필만은 이한성의 왼손 장심에 하얀 기류가 어리는 것을 느꼈다.

뻐엉—

압축된 기파가 한순간에 폭발하며 이한성의 장심에서 장력이 터져 나왔다.

쳐올린 검에 한발 앞서 막강한 장력이 오필만의 늑골을 강타했다.

퍼억—

늑골이 왕창 무너지는 소리가 나며 바닥으로 내팽개쳐진 오필만의 신형이 몇 바퀴나 굴렀다.

쉬이익—

여전히 깊이 가라앉은 눈빛과 함께 이한성의 검이 허공을 갈랐다.

오필만의 신형이 굴러가는 곳에 있던 장현방도 다섯 명이 엉겁결에 오필만을 향해 팔을 내밀다 한꺼번에 심장이 갈라지며 튕겨났다.

"피해라!"

누군가 발작적으로 고함을 지르며 장현방도들이 두 갈래로 갈라졌다.

쉬이익—

오필만의 신형을 따라붙던 이한성이 다시 검을 휘둘렀다.

몇 바퀴나 바닥을 뒹굴면서도 그 회전력을 이용해 오필만이 일검을 날려온 때문이었다.

땡강―

오필만의 검이 허공으로 튀어올랐다.

늑골이 몇 대나 부러지며 제대로 내력이 실리지 못해 검이 튕겨난 것이다.

퍼억―

오필만의 검을 자른 이한성의 검신이 그의 늑골을 다시 두드렸다.

"크으윽!"

오필만이 억눌린 비명을 터뜨렸다.

장력으로 무너진 늑골이 다시 충격을 받으며 숨이 턱 막히는 통증이 전해졌다.

푸욱―

여전히 냉정한 눈을 한 이한성의 검이 오필만의 왼쪽 어깨를 꿰뚫으며 바닥까지 박혔다.

못에 박히듯 검에 꿰뚫려 땅바닥에 박힌 오필만의 상체가 부르르 떨렸다.

어깨를 꿰뚫은 이한성의 검에서 스며드는 시린 진기가 온 혈맥을 진동시키고 있었기 때문이다.

"내 사제들은 어디 있지?"

이한성이 차가운 음성으로 물었다.

"으으—"

오필만은 이를 딱딱 부딪쳤다.

어깨에서 스며드는 시린 진기는 심장까지 얼릴 듯했다.

그러나 그것보다 더 극심한 냉기를 느끼게 만드는 것은 이한성의 눈이었다.

처음부터 지금까지 한순간도 흔들리지 않고 깊이 가라앉아 있었다.

깊은 동굴 속에서 마주친 거망(巨蟒)의 눈이라면 이런 빛을 뿜을 것 같았다.

검을 통해 스며든 진기는 심장을 얼릴 듯했지만 시종일관 흔들리지 않고 가라앉은 눈빛은 심혼마저 얼릴 것 같았다.

'대체 어디서… 크윽!'

오필만의 생각은 더 이상 이어지지 못했다.

어깨에 박힌 검에서 더욱 시린 냉기가 흘러들었다.

"어디 있지?"

이한성이 다시 물었다.

"여기 있다!"

대답은 오필만이 아닌 다른 사람의 입에서 흘러나왔다.

이한성은 검을 바닥에 그대로 꽂은 채 고개를 들었다.

장현방의 총관 구일준이 두 사람을 끌고 왔다.

사진혜와 사진용이었다.

천호연은 오필만의 여동생을 치료하며 오필만의 숙소에 있었기에 그들 남매만 끌고 온 것이다.

두 사람은 여러 가닥의 밧줄에 묶여 있었다.

그동안 많은 고문을 당한 듯 산발한 머리에 몰골이 말이 아니었다. 또한 정신을 잃었는지 몸도 가누지 못한 채 눈을 질끈 감고 있었다.

오필만이 그들에게 함부로 하지 말라는 지시는 해두었지만 문초를 하는 것까지는 막을 수 없었다.

그 결과 사진용 남매는 심한 고초를 겪었다.

사진용과 사진혜의 몰골을 본 이한성의 눈에서 불꽃이 튀었다.

"크윽!"

바닥에 누운 오필만이 비명을 토했다.

이한성이 분노하며 그 기운이 검을 통해 오필만의 혈맥으로 고스란히 스며들었기 때문이었다.

타타탁—

이한성은 오필만의 마혈을 짚은 후 어깨에 박힌 검을 뽑았다.

핏물 한줄기가 분수처럼 튀었다.

이한성은 천천히 구일준에게로 다가갔다.

이한성의 시선과 마주친 구일준이 흠칫 놀란 후 사진혜의 머리채를 잡아 올렸다. 그리고는 사진혜의 목에 소도를 갖다 됐다.

"검을 버려라. 그러지 않으면 이 계집을 죽이겠다."

구일준이 사진혜의 목을 향해 한층 더 가까이 소도를 들이밀며 발악을 하듯 고함을 질렀다.

이한성이 오필만을 꺾을 것이라고는 꿈에도 생각지 못했다.

외당당주 옥기화가 당한 것을 보았을 때 내력이 만만치 않은 놈이라는 생각은 했지만 백전노장 오필만에게는 상대가 안 될 것이라 믿었다.

그런데 상황은 너무나 뜻밖으로 전개되었다.

내력이나 초식, 그 어느 것으로도 오필만이 압도당했다.

놈은 처음부터 오필만을 가지고 논 것 같았다.

그런 놈이라면 자신 역시 십초지적이 되지 못할 것이다.

조직의 명령은 둘째 문제이고 지금은 목숨을 부지하는 것이 급했다.

"어서 검을 버려라. 이 계집의 목을 따겠다."

구일준은 더욱 발작적으로 고함을 치며 사진혜의 목에 소도를 들이밀었다.

주르르―

사진혜의 목에서 선혈 한줄기가 흘러내렸다.

그 통증 때문인지 사진혜가 정신을 차리고 무거운 눈꺼풀을 밀어올렸다.

"한성… 오라버니."

사진혜가 들릴 듯 말 듯한 목소리로 말했다. 그리고는 자신의 처지를 인식했는지 몸부림을 쳤다.

그러나 그것은 마음뿐, 혈이 점해진 상태에서 밧줄에 묶이기까지 한 그녀는 손가락 하나 움직일 수 없었다.

"어서 검을 버려라!'

사진혜가 정신을 차린 것을 안 구일준이 득의에 찬 음성으로 명령했다.

정신을 잃고 축 늘어져 있는 것보다 팔팔하게 살아 있는 인질이 훨씬 유용하다.

인질에 고통을 주어 비명이라도 지르면 상대는 더욱 마음이 약해지고 우위를 점할 수 있는 것이다.

파앗—

구일준은 위협하듯 사진혜의 목덜미 한곳에 더 선혈을 튀게 했다.

그러나 그의 의도와는 달리 사진혜는 이를 악물고 한마디의 신음도 토하지 않았다.

"마지막으로 한 번만 더 경고한다. 검을 버려라. 안 그러면 이 계집의 목줄을 따겠다."

구일준이 사진혜의 경동맥에 소도 끝을 대며 고함을 쳤다.

그 순간 이한성이 천천히 검을 들었다. 그리고는 입술을 움직였다.

第五十二章

子희（救出）

"그렇게 해!'

이한성이 차갑게 대꾸했다.

"뭐라?'

쉬이익—

예상치 못한 이한성의 대답에 흠칫 하는 사이, 이한성이 벼락처럼 적운검을 던졌다.

적운검이 무시무시한 속도로 구일준의 왼쪽 눈을 향해 날아갔다.

"어헉!'

기절초풍할 듯 놀란 구일준이 단말마의 비명과 함께 고개를 젖혔다.

인질의 목을 따는 것은 둘째 문제고 우선은 강궁보다 더 빠르게 날아오는 검을 피해야 했다.

쉬이익—

적운검이 귓전을 아슬아슬하게 비켜 지나갔다.

파앗!

검에 실린 기파가 귓전을 때리며 구일준의 왼쪽 귀가 너덜하게 찢겨 나갔다.

불로 지진 듯한 화끈한 통증을 느낄 새도 없이 구일준은 소도를 잡은 손에 힘을 주었다.

인질은 두 명이니 한 명은 본보기로 죽여 놓고 다른 한 명으로 다시 협박을 할 생각이었다.

그러나 그것은 혼자만의 망상이 되고 말았다.

손을 움직이기도 전에 강철 같은 손아귀가 먼저 목을 움켜쥐었다.

"커억!"

구일준이 억눌린 비명을 토했다. 그리고는 자신의 목을 움켜쥔 손의 주인을 확인하고는 경악하듯 눈을 부릅떴다.

손의 주인은 놀랍게도 이한성이었다.

잠시 혼란해하는 순간 벼락처럼 검을 던지고, 그 검을 피하느라 고개를 젖히는 사이 빛살같이 쇄도한 이한성은 구일준의 목을 움켜쥐고 있었다.

"끄으윽!"

이한성이 손을 들어 올리자 무가 뽑히듯 허공에 매달린 구일준이 가래 끓는 소리를 토했다.

이한성은 들어 올렸던 구일준을 악동이 개구리를 던지듯 땅바닥에 패대기쳤다.

퍼억―

세차게 바닥에 부딪친 구일준의 몸이 한 자도 넘게 튀어올랐다.

콰악―

이한성은 튀어올랐다가 다시 바닥으로 내려앉은 구일준의 오른팔을 사정없이 밟았다.

"크아아악!"

구일준이 처절한 비명을 질렀다.

팔꿈치가 우두둑 소리를 내며 팔이 반대방향으로 접혀 버렸다.

콱!

이한성의 발이 다른 팔꿈치도 짓밟았다.

구일준은 재차 목이 터져라 비명을 질렀다.

다른 팔은 훨씬 더 처참하게 부서지며 거의 떨어져 나갈 정도가 되었다.

그것도 모자라는지 이한성은 구일준의 멱살을 잡고 그의 신형을 가볍게 들어 올렸다.

퍼퍼퍼퍼퍼퍽!

수십 발의 화살이 구일준의 몸에 사정없이 박혔다.

이한성과 오필만이 대결을 벌이는 사이 오필만이 불리하다는 것을 한발 일찍 예감하고 장내를 빠져나갔던 흑의 사내가 궁수들을 준비시키고 있다가 발사 명령을 내린 것이다.

그걸 본 이한성은 구일준의 멱살을 잡고 들어 올려 방패로 삼아버렸다.

조직의 일원으로 장현방을 뒤에서 은밀하게 조종하던 구일준은 처참한 몰골로 생을 하직했다.

휘익―

이한성은 고슴도치가 된 구일준의 신형을 지붕을 향해 던졌다.

구일준의 신형이 팔랑개비처럼 회전하며 지붕 위의 궁수들에게로 날아갔다.

쉬쉬쉭!

회전하는 구일준의 신형에서 터져 나오는 바람 소리가 폭풍처럼 거세었다.

그 발끝에라도 부딪쳤다가는 뼈마디가 왕창 나갈 것 같았다.

두 번째 화살을 재우던 궁수들이 신속히 옆으로 몸을 피했다.

그 틈을 탄 이한성은 사진혜와 사진용을 양팔에 끼고 앞으로 쇄도했다.

"마, 막아라!"

누군가 고함을 쳤지만 아무도 그 명령을 따르지 않았다.

저승사자 같은 이한성의 신위를 충분히 목격한 그들이었기에 그 앞을 막는다는 것은 생각조차 하지 못했다. 그들의 무공으로는 슬쩍 부딪치기만 해도 온몸이 터져 나갈 터였다.

이한성은 가장 가까운 방문 하나를 박살 내며 그 안으로 사라졌다.

"저, 저놈! 저놈을 요절내라! 안 그러면 네놈들을 모두 내 손으로 쳐죽이겠다."

철목당주 오장두가 미친 듯이 고함을 질렀다.

총관 구일준이 너무나 허망하게 죽어버린 지금 그가 책임자나 마찬가지였다.

오장두의 고함에 급급히 옆으로 흩어졌던 장현방도들이 이한성이 사라진 방을 향해 주춤거리며 다가갔다. 그러나 누구도 그 방 안으로 들어갈 엄두는 내지 못했다.

"괜찮아?"

방바닥에 사진용 남매를 내려놓은 이한성이 두 사람의 몸을 칭칭 묶은 밧줄을 풀며 질문했다.

혼란 속에서 사진용도 정신을 차리고 이한성을 쳐다보았다.

"사형……."

사진용이 목이 쉰 소리로 이한성을 불렀다.

"잠시만 참아라."

타다닥!

이한성은 서둘러 사진용과 사진혜의 봉해진 혈을 풀었다. 그리고는 계속해서 타혈술을 펼쳤다.

두 사람의 몸은 굳은 진흙 반죽처럼 딱딱해져 가고 있었다.

혈이 봉해진 상태에서 밧줄에 칭칭 묶이기까지 했으니 그럴 수밖에 없었다.

타다닥! 탁!

이한성의 손이 보이지도 않을 정도로 두 사람의 전신을 두드렸다.

사부 한조산에게 배운 타혈술이었다.

그것은 은하전장에서 동창의 당두 조엽의 장력에 휩쓸린 후 단전에 웅크리고 있던 기운이 요동치는 것을 가라앉힌 그 타혈술이었다.

피를 한사발이나 토하며 필사적으로 펼친 한조산의 타혈술에 이한성은 목숨을 건졌고 시력도 되찾는 전화위복의 상황을 맞았다.

물론 그것은 사부의 사문인 현천검문의 것이었다.

그 현묘한 타혈술이 펼쳐지자 딱딱하게 굳어진 사진용 남매의 몸이 금방 말랑해지면서 혈색이 돌아왔다.

"몸을 움직여 봐."

이한성의 말에 사진용 남매는 몸을 움직였다.

사진혜가 눈을 크게 떴다.

불을 가득 지핀 방에서 며칠은 자리보전을 해야 풀릴 것 같았던 몸이 완전히 풀려 있었다.

며칠 동안 고초를 당하고 제대로 먹지도 못해 힘은 없었지만 점혈의 부작용은 거의 사라졌다.

"괜찮아?"

이한성이 다시 물었다.

"괜찮아요. 이젠 싸울 수도 있겠어요."

대답과 함께 사진혜는 주르르 눈물을 흘렸다.

그동안의 고초가 이한성을 보며 참을 수 없는 서러움으로 흘러내리고 있었다.

이한성은 옷소매로 말없이 사진혜의 눈물을 닦아준 후 사진용을 쳐다보았다.

"넌 어때?"

이한성이 사진용을 향해 물었다.

"마찬가집니다. 일주천만 하고 나면 놈들을 모조리 쓸어버릴 수 있습니다."

번쩍! 하고 살기 어린 안광을 뿜어낸 사진용이 운기를 하기 위해 길게 들숨을 쉬었다.

그러나 피잉! 하고 날아든 화살 하나가 그것을 방해했다.

이한성은 얼른 두 사람을 당겨 문 옆의 벽에 밀착시켰다.

강궁으로 벽을 뚫지 않는 한 두 사람은 안전했다.

피피핑!

다시 화살들이 강맹하게 날아들었다.

방으로 들어오지 못한 장현방도들이 멀리서 활을 쏘고 있었다.

화살들을 본 이한성의 눈이 냉기를 뿜었다.

날아든 화살들에 실린 힘이 만만치 않았다. 그것은 결코 산적들이 쏠 수 있는 수준이 아니었다.

강궁은 아니었지만 제대로 훈련받고 적지 않은 내력을 실어 날리는 화살이었다.

구일준의 몸으로 화살을 막을 때는 경황 중이라 몰랐는데 지금 보니 확연히 달랐다.

놈들 중에 다른 부류들이 끼어들었다는 말이었다.

피피핑—

이번에 반대쪽 문에서 화살들이 날아들었다.

휘리릭!

이한성은 손을 쾌속하게 흔들어 날아드는 화살들을 잡아챘다.

앞쪽에서 날아드는 화살은 문이 달린 벽에 바짝 붙어 있으면 상관없지만 반대쪽 문으로 날아드는 화살은 살을 파고들 수도 있었다.

"싸울 수 있겠어요. 그러니 치고 나가요."

사진혜가 표독스런 눈빛과 함께 말했다.

울음을 그친 그녀는 이젠 암표범처럼 사납게 변했다.

"아직은 무리야."

이한성은 고개를 흔들었다.

굳었던 몸은 풀렸지만 점혈이 오래 지속되었기에 최소한 일각은 운기를 해야 제대로 몸을 움직일 수 있었다. 지금 날아오는 화살들이 보통의 것이 아니기에 더욱 그랬다.

"그보다 천 의원님은 어디 있지?"

이한성은 천호연의 안위가 무척이나 걱정되었다.

두 사람을 안고 박살 난 정문으로 달아나지 않고 오히려 안으로 들어온 것은 천호연 때문이었다.

"저도 모르겠어요. 우린 생사혈검이란 자에게 쓰러진 후 내내 창고에 갇혀 있었어요."

사진혜가 고개를 흔들었다.

이한성은 마음이 급해졌다.

놈들이 천호연마저 인질로 잡으면 정말 곤란했다. 아직까지는 사진용 남매를 보살펴야 하는 상황에서 그마저 인질이 된다면 진퇴양난의 상황에 처할 것이다.

피피핑—

다시 뒤쪽에서 화살들이 날아들었다.

타타탁!

화살을 쳐 낸 이한성은 옆에 있는 장롱을 걷어찼다.

콰앙—

장롱이 비명을 지르며 밀려나 뒤쪽의 문을 막았다.

이렇게 하면 당장은 시간을 벌 수 있을 것이다. 그동안 사진용 남매가 기력을 찾으면 밖으로 치고 나갈 생각이었다.

퍼퍼퍽!

장롱에 화살이 박히는 소리가 들렸다.

"이젠 운기를 해라!"

이한성의 지시에 두 사람이 가부좌를 틀고 앉았다.

퍼퍼퍽!

다시 화살이 장롱에 박혔다. 그와 동시에 매캐한 냄새가 났다.

이번에 날아온 화살은 불화살이었다. 그것들이 장롱에 박혀 불이 붙고 있었다.

"젠장!"

가부좌를 틀었던 사진용이 역정을 내며 운기를 포기했다.

불화살이 날아들고 연기가 방안을 채우는 상황에서는 운기가 불가능했다. 운기하는 도중에 연기라도 마셔서 숨이 막히면 오히려 진기가 역류할 것이다.

사진혜도 가부좌를 풀고 입술을 깨물었다.

"반 각 동안만 버틸 수 있겠어?"

이한성은 두 사람을 보며 물었다.

우선 불화살을 날리는 놈들이라도 처리해야 했다.

안 그러면 연기에 질식할 지경이었다.

"할 수 있어요."

잠시 후 사진혜가 날아든 화살을 부러뜨려 화살촉 부분을 손에 쥐며 답했다.

그렇게 쥔 화살을 던지면 수전(手箭)처럼 암기로 사용할 수 있다.

"버텨보겠습니다."

사진용도 고개를 끄덕이며 몇 개의 화살을 부러뜨려 수전으로 만들었다.

고개를 끄덕인 이한성은 화살 다섯 개를 한 손에 모아 쥐고 천천히 밖으로 나갔다.

"어헉! 저, 저놈! 저놈을 죽여라."

활을 겨누고 있는데도 전혀 긴장하지 않고 밖으로 나온 이한성을 보며 철목당주 오장두가 고함을 질렀다.

피피피핑―

열 발도 넘는 불화살이 이한성을 향해 날아들었다.

이한성은 모아 쥔 화살 다섯 개를 세차게 흔들었다.

타타탁―

날아들던 불화살들이 모조리 튕겨 나갔다.

"계속해서 쏴라!

뒤에서 흑의 사내가 지시를 내렸다.

철목당주 오장두와는 달리 침착하고 무거운 음성이었다.

피피핑—

다시 불화살들이 날아들었다.

이한성이 화살 묶음을 휘둘렀다. 그러면서 궁수들에게 명령을 내리는 자를 찾았다.

'저놈이군!'

흑의 사내를 발견한 이한성의 눈이 번쩍 섬광을 토했다.

뱀을 잡으려면 목을 쳐야 한다.

저놈을 잡아야 뱀이 힘을 잃는다.

앞에서 오두방정을 떨고 있는 철목당주 오장두는 저놈에 비하면 꼬리나 마찬가지다.

피피핑—

다시 화살이 쏟아졌다.

이한성은 화살들을 모조리 쳐 내며 몸을 날렸다.

그곳은 적운검이 박혀 있는 기둥 쪽이었다.

장현방도 몇 놈이 기를 쓰고 빼내려 했지만 너무 깊이 박혀 빼내지 못한 채 그대로 박혀 있었다.

파앗—

적운검을 뽑은 이한성은 강하게 땅을 박찼다.

빨랫줄처럼 늘어난 이한성의 신형이 순식간에 궁수들을 지휘하는 사내에게로 육박해 들었다.

"개진(開陣)!"

더 이상 활을 쏘기는 늦었다고 생각한 사내가 짤막하게 명령을 내렸다.

사내의 명령에 활을 버린 궁수들이 신속히 검을 뽑으며 이한성을 둘러쌌다.

발검에서부터 검진을 펼치는 동작들이 신속하고도 일사불란했다.

"당신은 방에 있는 연놈을 잡으시오!"

부하들에게 이한성을 맡기고 뒤로 빠진 흑의 사내가 철목 당주 오장두를 향해 고함을 질렀다.

일반 방도 복장을 한 놈이 자신을 향해 지시를 내리는 사태에 오장두가 멍한 눈으로 사내를 쳐다보았다.

"어서!"

흑의 사내가 단호하게 고함을 질렀다.

그 목소리에는 오장두로서는 절대로 항거할 수 없는 기운이 서려 있었다.

오장두는 최면에 걸리기라도 한 듯 고개를 끄덕이고는 부하들에게로 몸을 돌렸다.

"모두 방 안에 있는 연놈을 잡아라!"

오장두의 고함에 장현방도들이 고함을 지르며 방으로 쇄도했다.

저승차사 같은 이한성이 없으니 걱정할 것이 없었다.

특히 방 안에 있는 일남일녀는 며칠 동안 점혈되어 묶여 있었으니 아직 몸도 못 움직일 것이다.

"와아아!"

승기를 잡았다고 생각한 장현방도들이 방을 향해 달려들었다. 그러나 그들은 곧 비명과 함께 바닥을 굴렀다.

사진용과 사진혜가 던진 화살에 당한 것이다.

"이, 이게?"

오장두가 눈을 크게 떴다.

산송장인 줄 알았는데 순식간에 부하 몇 명을 쓰러뜨렸다.

"물러서라!"

오장두가 먼저 뒤로 물러서며 고함을 질렀다.

아무 소리도 없이 날아온 암기는 저승사자의 손길처럼 음험했다.

"병신 같은 놈들!"

흑의 사내가 혀를 찼다.

"계속 불을 질러라!"

흑의 사내는 장현방도들에게 직접 지시를 내린 후 손을 흔들었다.

휘이익―

이한성을 둘러싼 채 검진을 펼치고 있던 사내들이 일제히 검을 휘둘렀다.

째째째쨍―

적운검에 네 자루의 검이 한꺼번에 부딪치며 불똥이 튀었다.

검을 부딪친 사내들은 눈에 놀람의 빛이 어렸다.

손목으로 전해진 충격이 예상보다 훨씬 컸기 때문이었다.

그러나 검진을 펼치고 있었기에 그들은 즉시 뒤로 물러나고 다른 사내들이 그 자리를 메우고 들었다.

까앙—

다시 폭음이 들리며 검 두 자루가 박살 나며 터져 나갔다.

내력을 강하게 뿜은 이한성의 검을 견디지 못한 때문이었다.

휘익—

이한성이 검을 잃은 두 사내의 허리를 갈랐다.

"크윽!"

"아악!"

두 사내가 처절한 비명을 토하며 바닥으로 쓰러졌다.

동시에 검진이 출렁거리며 무너졌다.

"젠장!"

역정을 터뜨린 흑의 사내가 쓰러진 두 사람 사이로 스며들었다.

"너희 넷은 뒤채로 가서 이곳 가족들을 모두 끌고 와라!"

서둘러 지시를 내린 흑의 사내가 이한성을 향해 검을 휘둘렀다.

마주쳐 보니 이한성은 생각보다 훨씬 강했고 계속 싸우다 보면 자신들이 모두 도륙될지도 몰랐다. 그러기 전에 다른 인질을 잡을 생각이었다.

"크윽!"

"큭!"

"아악!"

다시 세 명의 사내가 쓰러졌다.

그러는 사이 네 명의 사내가 뒤채를 향해 쇄도하고 있었다.

이한성은 쓰러진 두 사내의 틈으로 몸을 빼냈다.

"어딜!"

흑의 사내가 이한성의 앞을 가로막았다.

순간, 이한성의 검에서 시퍼런 빛이 쏟아졌다.

마라십이검의 제이초식 일검무애(一劍無涯)였다.

수십 가닥의 실이 쏟아지듯 이한성의 검에서 빛의 가닥이 터졌다.

"어헉!"

흑의 사내가 미친 듯이 검을 휘두르며 뒤로 물러섰다.

"아악!"

"악!"

"크아악!"

일검무애의 빛무리에 휩싸인 흑의 사내의 부하들이 처절한 고함과 함께 모두 바닥으로 굴렀다.

그들의 상체에서 고슴도치의 가시처럼 선혈이 쏟아졌다.

한꺼번에 수십 발의 화살에 관통당한 것이나 마찬가지인

그들은 더 이상 산 사람이 아니었다.

겨우 흑의 사내만이 치명상을 피한 채 서 있었다.

이한성은 천천히 흑의 사내에게로 다가갔다.

"다, 다가오면 진성무관 가족들을 모두 죽이겠다."

치명상은 피했지만 몸 곳곳에 피를 흘리며 흑의 사내가 발악을 했다.

지금쯤이면 네 명의 부하가 가두어놓은 진성무관 식솔들을 끌고 올 것이다. 그들을 인질로 삼아 이 마귀 같은 놈에게서 살 길을 찾아야 했다.

"그럼, 명령을 내려보시지."

이한성이 검을 겨눈 채 태연하게 말했다.

흑의 사내의 눈이 심하게 흔들렸다.

총관으로 위장한 구일준도 인질 작전이 통하지 않고 비명횡사를 당했다.

인질 같은 건 아예 염두에 두지 않는 놈으로도 보였다.

그건 인질을 구할 자신이 있을 때 그랬고, 이번에는 수하를 여러 명 보내 진성무관 식구들을 끌고 오게 했으니 충분히 통할 것이다.

"인질들 반을 죽여라!"

흑의 사내가 고함을 쳤다.

그러던 그의 눈 사이가 급격히 좁혀졌다.

자신의 고함에 즉시 화답하며 부하들이 달려오고 있었다.

그런데 그들은 모두 빈손이었다.

"와아!"

고함 소리와 함께 수많은 인영이 진성무관의 담을 넘어오고 있었다.

어중이떠중이의 장현방도와는 달리 그들은 모두 제대로 된 무장을 하고 있었다.

정주유검가의 검대원들이 주축이 된 정호회의 타격대였다.

채호영 남매에게 말을 얻어타고 이곳으로 달려오기 전, 개방도를 통해 대지급으로 보낸 서찰이 제때에 전해진 것이다.

그 서찰을 보고 달려온 타격대원들이 장현방도들을 추풍낙엽처럼 베어 넘기고 있었다.

대부분은 유검가 검대원들이었지만 그중 소수는 다른 가문의 청년들도 있었다.

유검가가 한발 앞서 타격대를 조직하고 진성무관으로 달려간다는 소식에 다른 가문에서도 급히 인원을 차출하여 합류시킨 것이다.

"너무 늦은 건 아니지?"

유병학이 달아나는 흑의 사내의 부하 하나를 베며 소리를 질렀다.

"그리 빠른 것도 아니군요."

이한성이 안도의 한숨을 내쉬었다.

"괜찮아?"

옆으로 달려온 목검대주의 딸 목인화가 걱정스런 눈으로 이한성을 보며 물었다.

그새 몇 명을 베었는지 그녀의 검에서 선혈이 떨어지고 있었다.

"난 괜찮아. 저 방 안에 있는 남매를 도와줘."

목인화에게 사진용 남매를 부탁한 이한성이 흑의 사내에게로 다가섰다.

흑의 사내의 눈에 죽음의 그림자가 어렸다.

그러나 그것도 잠시, 흑의 사내의 얼굴이 흑색으로 변했다.

어느새 독단을 깨문 것이다.

"이, 이놈들은… 그때 그놈들?"

유병학이 놀란 눈으로 이한성을 쳐다보았다.

복면을 하고 유검가의 담을 넘었던 놈들도 살길이 막히자 독단을 깨물고 자결했다. 그런데 이놈들도 마찬가지였다.

'방심했군.'

이한성은 쓴 입맛을 다셨다.

천호연과 사진용 남매를 신경 쓰느라 이놈들이 자결할 수도 있다는 것을 간과했다.

아니, 간과했다는 것보다는 계속 급박한 상황에 몰리다 보니 최대한 빨리 놈들을 죽이겠다는 생각만 뇌리에 가득했다.

아마 놈이 자결을 하지 않았으면 그대로 목을 쳤을지도 모를 일이었다. 독단을 깨물고 자진하는 것을 보고 나니 생포했어야 했다는 생각이 들었다.

그의 부하들도 목검대주와 서검대주의 검에 모조리 베여 넘어졌거나 독단을 깨물었다.

"대체 어떤 놈들이지?"

유병학이 눈살을 찌푸리며 말했다.

상황이 불리하자 독단을 깨물고 자진하는 행동으로 봐서는 유검가를 습격했던 놈들과 같은 놈들이라는 생각이 들었다. 그러나 이들도 모두 죽어버렸으니 정체는 알 길이 없었다.

"콜록!"

"콜록!"

사진혜와 사진용이 목인화 등의 도움을 받아 밖으로 나왔다.

방을 가득 채운 연기 때문에 그들은 연방 기침을 토했다.

아마 조금만 더 지났다면 스스로 뛰어나올 수밖에 없는 상황이었다.

"어서 천 의원님을 찾아."

이한성은 사진용에게 지시했다.

격렬한 싸움은 불가능하겠지만 움직이는 데는 아무런 지장이 없는 사진용이 고개를 끄덕이며 급히 뒤채로 달려갔다.

채 일각도 지나기 전에 싸움은 끝이 났다.

상황이 기울자 장현방도들은 모래알처럼 흩어졌다. 그들 중 일부는 자신들의 본거지로 돌아가겠지만 단 일검으로 수십 명의 몸에 벌집처럼 구멍을 내는 이한성의 신위를 보았으니 반 이상은 보복이 두려워 아예 다른 곳으로 달아날 것이다.

그들을 쫓아 본거지마저 박살을 내고 싶었지만 그건 나중의 일이고 우선은 이곳을 정리하는 것이 급선무였다.

산동제일의 천호연은 다행히 무사했다.

오필만의 보호를 받은 그는 자유로운 상태에서 생사혈검 오필만의 누이를 치료하는 데 심혈을 기울였다.

그녀를 치료하며 그는 오필만에게 진성무관 가족들의 안전보장을 조건을 내걸었기에 가족들 역시 큰 해를 입지는 않았다.

전투 중에 다친 상처와 집안이 풍비박산 난 데 대한 심적 고초는 컸겠지만 목숨을 잃은 사람은 없었다.

"저 사람은 살려주게."

산동제일의 천호연은 아직도 점혈되어 있는 생사혈검 오필만을 보며 말했다.

이한성은 대답없이 오필만을 쳐다보기만 했다.

그에 대한 사연은 들었지만 어쨌든 장현방의 편에 서서 검을 휘두른 적이었다.

"저 사람으로 인해 내가 목숨을 부지했고 자네 사제들도 고초는 겪었지만 생명을 위협받지는 않았네. 또한 진성무관의 가족들도 저 사람 때문에 무사했네."

이한성이 아무런 대답을 하지 않자 천호연이 다시 간청했다.

"알겠습니다."

이한성은 고개를 끄덕인 후 벽에 기댄 채 앉혀져 있는 오필만에게로 다가가 봉했던 혈을 풀어주었다.

혈이 풀렸지만 오필만은 미동도 하지 않고, 눈도 뜨지 않았다.

그는 그야말로 산송장처럼 꼼짝도 하지 않았다.

이한성에게 처참하게 패배하는 순간 그는 모든 것이 무너지는 기분과 함께 삶의 의욕을 잃어버린 것이다.

이한성은 묵묵히 오필만을 내려다보았다. 그리고 그의 발 앞에 그가 휘둘렀던 철검을 던졌다.

쩽—

철검이 날카로운 검명을 토했다.

영원히 감겨 있을 것 같던 오필만의 눈꺼풀이 천천히 위로 올라갔다. 그리고 눈꺼풀 안에서 생기를 잃은 눈이 발 앞의 철검을 쳐다보았다.

"한 달의 시간을 주겠소. 그때까지 상처를 회복하고 다시 싸울 수 있는 상태가 되지 못한다면 당신 누이를 내치겠소."

오필만의 회색빛 눈동자에 서서히 생기가 돌아왔다. 그리고 조금 후 그것은 강한 의구심으로 번져 나갔다.

"무슨 뜻인가?"

한참 뒤에 오필만이 쉰 목소리로 물었다.

"당신의 검을 내가 다시 사겠소. 대가는 장현방에서 제시한 것과 마찬가지로 당신 누이의 목숨이오."

딱딱하게 말한 이한성이 덧붙였다.

"정확히 한 달이오. 그때까지 예전의 무위를 회복하지 못하면 계약은 자동파기된 것으로 하겠소."

말을 마친 이한성은 등을 돌려 정주유검가 사람들 속으로 사라졌다.

한 사내가 완강한 자세로 앉아 벽장 속을 쳐다보고 있었다.

벽장 속에는 몇 가지 물건이 있었지만 사내가 쳐다보는 것은 푸르스름한 액체가 담긴 유리병이었다.

사내는 일각도 넘게 꼼짝도 않고 그 유리병에 시선을 고정시키고 있었다.

그런데 사내가 시선을 고정시킨 유리병 안에는 놀랍게도 사람의 손이 들어 있었다.

손은 손목어림에서 깨끗하게 잘린 것이었다.

푸르스름한 액체가 특수한 기능을 하는 듯, 팔에서 잘려 나온 손은 당장 유리병을 긁을 듯이 생생해 보였다.

한참을 더 유리병 속의 손을 쳐다보던 사내가 손을 뻗어 유리병을 돌렸다. 그러자 손의 반대쪽 면이 보였다.

생생하게 보관된 손은 완전한 것이 아니었다.

그 손은 새끼손가락이 없었다.

원래부터 없는 손가락이 아니라 새끼손가락 역시 손목처럼 잘려 나간 것이었다.

손목과 다른 점이 있다면 손목은 잘린 그대로 보존이 되었지만 새끼손가락은 뭉툭하게 아물어 있다는 것이다.

그것은 유리병에 보관되기 한참 전에 새끼손가락은 아물었다는 말이다.

"손목이 하나 잘려 나간다고 죽는 것은 아니지."

잠시 더 유리병 속의 손을 쳐다보던 사내가 차가운 음성으로 중얼거렸다.

"네 주인이 보고 싶지? 조만간 네 주인과 함께 같이 땅에 묻어주마. 후후!"

사내는 음산한 웃음을 흘린 후 벽장문을 소리 나게 닫았다.

벽장에서 등을 돌린 사내는 시선을 탁자 위로 옮겼다.

탁자 위에는 여러 장의 서류가 가지런히 정돈되어 있었다.

깔끔하게 정돈된 모양과는 달리 그 서류들은 제법 오래된 것인 듯 색이 누렇게 바래고 가장자리가 너덜하게 변한 것도 있었다.

그중 제일 많이 변색된 것은 제일 위에 놓인 서류였다.

그것은 서류라고 부를 수도 없는 작은 종이쪽지였는데 의미를 알 수 없는 이상한 글자들이 먹이 아닌 붉은 피로 작성되어 있었다.

그 피가 번지고 탈색되어 제일 낡아 보였다.

사륵!

사내는 서류들을 한 장 한 장 꼼꼼히 읽었다.

사내의 이름은 양명호로 약 오 년 전에 일어난 은하표국의 혈사에서 한조산에게 목숨을 잃은 오 당두 양신호의 동생이었다.

그는 동창의 말단 당두에서 첩형 동초기에게 막대한 금액을 헌납하고 최근 핵심 서열인 구 당두로 파격 승진을 한 사람이기도 했다.

"네놈은 내 손에 죽는다."

읽던 서류를 원래대로 정리한 양명호는 나직하게 중얼거렸다.

작은 소리였지만 그 속에 담긴 살기는 어떤 저주보다 더 진득했다.

약 오 년 전 하나밖에 없는 형 양신호가 시신으로 돌아왔을 때 번역으로 있던 그는 잠시 아무것도 할 수 없는 공황상태에 빠졌다.

세상에 남은 유일한 혈육이자 그의 모든 것인 형의 죽음은 그만큼 큰 충격이었다.

그러나 동창의 일원인 이상 그런 일은 다반사로 일어났고 양신호는 공무 중 순직 처리되었다.

끝까지 동창의 신분으로 죽은 양신호의 공로로 인해 동생인 양명호는 번역에서 말단 당두로 승진되었다. 또한 동창은 살막에게 청부를 하여 형의 원수인 청해마검을 제거했다.

양명호는 자신이 직접 청해마검을 죽이지 못한 것이 통한이었지만 그의 잘린 손에게 나마 보복을 하고 싶어 그 손을 취했다.

그리고는 신임 당두로서의 일에 몰두했다.

그러던 얼마 후 유일한 혈육이라는 이유로 양명호는 형의 유품들을 인계받았다.

양명호는 형의 마지막 순간을 대하듯 유품들을 하나하나 세심하게 챙겼다.

유품들의 대부분은 죽기 직전 그가 맡은 사건의 기록들이었다.

양신호는 비교적 자세히 일지를 작성해 놓았다.

그것은 동창의 일처리 방식이기도 했고 형의 성격이 남들보다 조금 더 철저했기 때문이기도 했다.

양명호는 그것들을 꼼꼼히 읽었다.

그것들을 다 읽었을 때 양명호는 이상한 점을 몇 가지 발견했다.

형 양신호가 죽기 직전에 혈서로 작성한 쪽지에는 온통 오룡회와 그 일원이 된 청해마검에 대해서만 적혀 있었다.

그런데 처음 사건의 발단이 된 은하표국과 그곳 제남의 하오문 지부장 강지한을 역추적한 기록에서는 한조산이란 이름은 한 번도 거론되지 않았다.

그 서류들에서는 황염동에 대해 무언가 이상한 낌새를 챈 은하표국주 하유걸이 그곳 하오문 지부장 강지한에게 황염동의 주변을 조사하라는 의뢰를 했고, 그 조사 과정에서 강지한은 역추적당했다.

그 후 은하표국을 지우는 과정에서 형은 청해마검 한조산에게 치명상을 입고 죽기 직전에 혈서를 작성했다.

사건의 발단인 은하표국주와 청해마검 한조산의 연결고리가 너무 엉성했다. 아니, 아무것도 없었다.

그것을 이상하게 여긴 양명호는 몇몇 당두에게 의문을 제기했지만 단번에 묵살당했다.

한조산은 이미 죽었고 그 증거로 돌아온 손목은 그의 것이 틀림없으니 사건은 깨끗이 종결되었다. 그러니 그 과정은 별 의미가 없었다.

당시는 오룡회와 단심맹의 치열한 싸움에 같이 휘말린 동창이었기에 그런 것에까지 신경 쓸 여유가 없기도 했다.

그러나 하나밖에 없는 형을 잃은 양명호는 절대로 포기할 수 없었다.

그는 틈나는 대로 그 사건에 매달렸다.

그 결과 그는 사건의 주역은 하유걸이었고 한조산은 신분을 숨긴 채 그곳 하인으로 지내다가 마지막 순간에 개입했다는 것을 알았다.

또한 청해마검 한조산은 자신들이 파악하고 있던 것보다 몇 배는 더 고수였다.

그는 결코 살막 따위에 제거될 사람이 아니었다.

손목은 그의 것이 확실하지만 그는 살아서 어디론가 은신했다는 의심이 강하게 들었다.

그 후 양명호는 틈나는 대로 그 사건에 대해 조사를 했지만 거기까지가 한계였다. 말단 당두 신분으로는 시간적으로나 금전적으로나 더 이상은 무리였다.

하나 이젠 절치부심의 노력으로 핵심 서열인 구 당두가 되었다. 그로 인해 그때와는 비교할 수 없는 힘과 재량권을 얻은 것이다.

그것으로 철저히 파헤칠 생각이었다.

양명호는 낮은 한숨과 함께 의지를 다지고는 빠르게 서류들을 치웠다.

밖에서 인기척이 들렸기 때문이다.

"당두님!"

목소리는 자신이 거느린 백 명의 번역 중 몸이 날래고 일처리가 철저한 모윤(慕潤)이었다.

"지시한 일에 소기의 성과가 있습니다."

모윤이 약간 상기된 음성으로 보고했다.

"무슨 일 말인가?"

양명호는 잠시 모윤을 쳐다보며 물었다.

제일 믿음직스러웠기에 여러 가지 일을 많이 시켜놓아 무얼 언급하는지 알 수가 없었다.

"자설련(紫雪蓮) 뿌리에 관한 사건……."

"찾았나?"

양명호가 모윤의 말꼬리를 자르며 번쩍 안광을 토했다.

모윤이 움찔하며 고개를 끄덕였다.

"어서 보고해 보게."

양명호는 빠르게 재촉했다.

"산동성과 하남의 경계 지역인 동명현(東明縣)을 중심으로 몇 곳의 의가에서 자설련 뿌리를 정기적으로 팔았습니다."

모윤이 답했다.

자설련은 설산의 차가운 호수에서만 자생하는 자주색 빛의 연꽃으로 그 뿌리는 약재로도 쓰인다. 그러나 독성이 강해 보통의 환자에게는 거의 사용하지 않고 희귀병을 앓는 사람들만 드물게 사용한다.

양명호는 그때 그 사건을 조사하며 청해마검 한조산이 우연히 참사에 끼어들어 주인이었던 하유걸 가족을 구하고 은신했다고 결론지었다. 그랬으니 한조산은 계속해서 그들을 보호하고 있을 수 있었고, 아니더라도 하유걸 가족을 찾으면 한조산을 찾을 수 있을 것이라 생각했다.

그런 생각과 함께 양명호는 하유걸 가족들에 대해 조사를 했다.

그러던 중 하유걸의 딸이 희귀병에 걸려 자설련 뿌리를 정기적으로 복용한다는 사실을 알아냈다.

자설련 뿌리는 산동성의 성도 제남에서도 찾는 사람이 몇 되지 않았다. 그중 하유걸이 제일 많이 사갔다.

그것을 꼭 복용해야 하는 희귀병이면 어딜 가더라도 구입할 수밖에 없었다.

구 당두가 되어 큰 재량권을 얻은 양명호는 모윤에게 지시해 산동성에 산재한 의가 중 자설련 뿌리를 정기적으로 파는 곳을 조사하게 했다.

물론 하유걸이 청해성이나 감숙성 같은 변방으로 숨어들었다면 아무리 동창이라도 찾는 것이 불가능했다.

하지만 하유걸의 딸은 병약하니 되도록 땅 설고 물 설은 곳으로 가지 않고 산동성에 은신해 있을 것이란 판단으로 우선 산동성 일대만 조사를 하게 했는데 운 좋게 걸려들었다.

아무리 큰 사건이라도 그 실마리는 아주 작은 단서 하나다.

동창을 왕창 뒤흔들었던 대검호 청해마검이라는 존재는 자설련 뿌리라는 작은 단서와 함께 모습을 드러낼 것이다.

"얼마 멀리 가지 못했군."

양명호가 입꼬리를 비틀며 웃었다.

집요하면서도 어딘지 모르게 잔인함이 느껴지는 웃음이었다.

모윤은 오싹한 한기를 느끼며 자신도 모르게 목을 움츠렸다.

양명호는 서열 백 위의 당두가 된 지 얼마 지나지 않아 핵심인 구 당두가 된 집념덩어리의 인간이었다.

그 승진은 전례가 없이 파격적인 것이었다.

그런 승진 후에는 질시와 견제가 엄청났다.

하지만 양명호는 조금도 위축되지 않고 오히려 그들의 공격을 정면으로 맞받아쳤다. 또한 공격을 받으면 한 푼이라도 더 되돌려 주며 절대로 호락호락하지 않는 모습을 보였다.

이후 양명호를 공격하거나 뒤에서 음해하는 자들은 차츰 사라졌다.

그런 양명호이니 그의 목표가 된 이상 저승사자의 명부에 올랐다고 봐야 한다.

모윤은 자신이 그런 처지에 처하지 않은 것을 다행으로 생각하며 입을 열었다.

"그러나 그 자설련 뿌리를 사 간 사람이 누구인지, 어디에 사는지는 모른다고 했습니다. 아마도 극히 조심을 한 것 같습니다."

"당연히 그렇겠지. 하지만 꼬리가 잡힌 이상 찾아내는 것은 시간문제야. 지금 경내에 남아 있는 번역들이 얼마나 되지?"

양명호는 가라앉은 눈으로 모윤을 쳐다보며 물었다.

"서른 명 가까이 남아 있습니다."

모윤이 얼른 답했다.

"지금 당장 불러모으게."

양명호가 자르듯 말했다.

"알겠습니다.

모윤이 고개를 숙이고는 빠르게 밖으로 사라졌다.

*　　　*　　　*

"왜 또 왔나?"

문정의방(文正醫房)의 주인 문상옥(文相玉)은 앞에 앉은 환자를 향해 곰방대를 집어던졌다.

곰방대가 환자의 이마를 정통으로 가격하며 금방 메추리알 크기의 혹이 돋아났다.

다친 사람을 고쳐야 할 의원이 오히려 환자에게 상해를 입히는 불가해한 순간이었다.

그러나 곰방대에 상해를 당한 환자는 아프다는 시늉도 못하고 연신 고개만 조아렸다.

환자는 허벅지에 종기가 생겨 고름이 질질 흐르는 사십대 촌부였는데 보름에 한 번씩은 꼭 오는 단골손님이었다.

단골이면 더없이 반갑겠지만 장사치가 아닌 의원의 신분

인 문상옥은 대뜸 화부터 나는 것이다.

처음에는 종기가 그리 심하지 않았다.

뿌리까지 완전히 짜내고 상처에 약을 듬뿍 발라 싸매어 보냈다.

그 상태로 물에 들어가지 말고 열흘만 조심하면 새살이 돋아나며 아물 터였다.

그렇게 잊어버렸는데 사내는 한 달 후에 다시 찾아왔다. 그리고는 처음보다 훨씬 더 심해진 상처를 내밀었다.

문상옥은 잔뜩 긴장했다. 그리고 자신의 처방이 뭔가 잘못되지 않았나 되짚어보았다.

잘못된 것은 없었다.

사내와 같이 온 아낙이 가슴을 치며 남편은 치료한 그날 하루만 빼고 계속 술을 마셨다고 한탄을 했다.

자신의 처방이 잘못되지 않았다는 사실은 안심이 되었다. 그러나 화가 벌컥 치밀어 오르는 것은 어쩔 수 없었다.

아프거나 병든 사람이 없으면 굶어죽는 것이 의원이지만 죽을 때 죽더라도 자신이 치료한 사람이 낫지 않으면 화가 나는 직업이 또 의원이었다.

문상옥은 이번에는 최소한 보름은 술을 마시지 말라고 젊잖게 타이르며 치료를 해주었다.

회복 기간이 처음보다 닷새는 더 늘어났지만 보름만 조심을 하면 충분히 나을 수 있었다.

그런데 한 달 후에 그 사내는 또 찾아왔다.

물론 이번에는 족히 이십 일은 정양을 하여야 나을 정도로 곪아 있었다.

그렇게 사내는 다섯 달을 정기적으로 찾아왔고 올 때마다 술 때문에 더 곪아 있었다.

"죄송합니다. 이번에는 정말 술을 마시지 않겠습니다."

사내는 다 죽어가는 목소리로 말했다.

미안해서도 그렇기도 하겠지만 이젠 상처에서 느껴지는 고통이 심해 그럴 수밖에 없었다.

"오늘은 치료가 안 되겠네. 열흘 후에 다시 오게."

문상옥이 딱 잘라 말했다.

"아이고! 살려주십시오, 의원님. 고통이 심해 하루가 열흘 같습니다."

사내가 죽는 시늉을 했다.

"그러니 못해 주겠다는 말일세."

문상옥이 고개를 홱 돌리며 말했다.

"예, 그게 무슨 말씀이신지요? 하루가 열흘처럼 아픈데 치료를 못해주겠다니요?"

사내가 반쯤 눈물이 고인 눈으로 문상옥을 쳐다보았다.

"하루가 열흘 정도로 아파서는 자넨 또 술을 마실 걸세. 그러니 열흘 후 하루가 한 달처럼 아파보게. 그럼 더 이상 술 생각이 싹 가실 걸세. 그때 다시 오게."

그렇게 처방을 내린 문상옥은 사내가 아무리 애원을 해도 요지부동이었다.

결국 사내는 엉엉 울며 반쯤 기어서 돌아갔다.

매정하게 환자를 돌려보낸 문상옥은 다음 환자를 받았다.

처음 보는 환자였다.

당당한 체격의 중년인이었는데 차림새에서 장사치 냄새가 물씬 풍겼다.

장사를 하며 이리저리 돌아다니다 아픈 곳이 있어 들른 모양이었다. 그러니 처음 보는 얼굴이 당연했다.

"어디가 아파서 왔소?"

문상옥이 사내의 신색을 살피며 물었다.

"어디 아픈 것이 아니고… 자설련 뿌리가 필요해서 왔습니다."

사내가 담담한 목소리로 말했다.

"자설련 뿌리?"

문상옥의 눈이 커졌다.

자설련 뿌리를 갈아 만든 가루는 일 년 내내 찾는 사람도 거의 없고 찾아도 잘 처방해 주지 않는 약재였다.

"어디에 쓰시려고 그걸 찾으시오?"

문상옥이 의구심 어린 눈으로 물었다.

"노모께서 희귀질병으로 몇 년째 거동을 제대로 못 하고 계십니다. 그나마 자설련 뿌리를 끓여 마시면 증상이 호전되어 당신 발로 뒷간에라도 가시지요."

사내는 고개를 숙이며 답했다.

문상옥은 한동안 말없이 장사꾼 차림의 사내를 쳐다보았
다.

깊고 당당한 눈빛이었다.

그러면서도 그 눈빛 한곳에서는 무언지 모를 절박함이 깃
들어 있었다.

자설련 뿌리는 제대로 기운을 차리지 못하는 이상한 병에
확실히 효과가 있었다. 그러나 그 부작용도 만만치 않았다.

"노인이 복용하면 부작용이 심할 텐데."

문상옥이 우려감을 나타냈다.

"때문에 당기와 모려, 현호색, 삼백초 등을 같이 복용합니
다. 그것들은 쉽게 구할 수 있지만 자설련 뿌리는 취급하는
곳이 드물어서 예까지 왔지요."

사내가 답했다.

문상옥은 자신도 모르게 고개를 끄덕였다.

사내가 말한 약초들을 같이 복용하면 자설련 뿌리의 독성
을 최소화할 수 있었다.

사내는 의술에도 제법 학식이 깊었다.

"허허!"

문상옥은 가벼운 웃음을 터뜨렸다.

자설련 뿌리를 내주어도 걱정이 없겠다는 생각이 마음을

가볍게 한 것이다.

"그 약재에 대해 잘 알고 있다니 내어드리겠소."

고개를 끄덕인 문상옥이 말을 이었다.

"거 참! 최근 이 년 동안 아무도 찾지 않은 그 약재를 요 며칠 사이에는 두 사람이나 찾는구려."

문상옥이 넋두리를 했다.

"다른 사람도 자설련을 찾았단 말이오?"

사내의 목소리가 높아졌다. 또한 눈에서도 강렬한 빛이 흘러나왔다.

"아니, 왜 그러시오?"

사내의 지나친 반응에 문상옥이 눈을 크게 뜨며 물었다.

목소리를 높이며 형형한 안광을 내뿜는 사내는 지금까지와는 전혀 달라 보였다.

"어떤 분인지 알려주시면 내가 몰랐던 치료법도 알고 서로 도움이 될 것 같은데……."

사내가 얼른 강렬한 눈빛을 갈무리하며 기대감 어린 표정으로 물었다.

"그럴 수도 있겠군요. 하지만 그런 기대는 안 하는 게 좋을 것 같소. 그 사람은 그 약재를 사러 온 것이 아니라 최근에 누가 그 약재를 사 갔는지 알아보러 온 것이니까."

문상옥의 대답에 사내의 눈이 갑자기 다시 섬광을 토했다.

그 눈빛은 절대로 장사치의 그것이 아니었다.

그 눈빛에 마주치면 맹수도 겁을 먹고 도망을 갈 것 같았다.

"또, 왜 그러시오?"

살벌한 사내의 눈빛에 문상옥이 놀란 음성으로 물었다.

"그 사람은 어떤 사람이었소?"

사내가 고함을 치듯 물었다.

"저, 젊고 눈매가 날카로운 사람이었소."

문상옥이 떠듬거리며 답했다.

"그런데 대체 왜 그러시오?"

문상옥이 다시 물었다.

"아니오. 너무 뜻밖이라 잠시 결례를 저지른 모양이오. 어서 자설련 뿌리나 내어주시오."

사내가 얼른 답했다.

어느새 사내의 눈은 장사치의 그것으로 변해 있었다.

문상옥은 의구심을 거두지 못한 표정과 함께 약재함을 열고 자설련 뿌리를 내어주었다.

약재를 받은 사내는 값을 치르고는 신형을 일으켰다.

일어서는 그의 모습이 바위처럼 묵직했다.

침을 꿀꺽 삼킨 문상옥은 불식간에 같이 몸을 일으켰다.

사내의 무게감에 왠지 그래야 할 것 같았다.

"약은 잘 쓰겠습니다."

고개를 숙인 사내는 방문을 열고 총총히 걸음을 옮겼다.

"잘 가시오. 그리고 다음에는 환자를 한번 데리고 오시
오."

문상옥은 방문 밖까지 따라 나서며 사내를 배웅했다.

사내는 아무 대답 없이 사라졌다.

문상옥은 한참 동안 사내가 사라진 방향을 멍하니 쳐다보
고 서 있었다.

'놈들이 다가오고 있다!'

문정의방에서 나온 하유걸은 날카로운 눈으로 주변을 살
폈다.

아무도 자신을 주시하는 사람은 없었다.

그러나 신경이 곤두선 마음은 주변의 모든 것을 의심하게
만들었다.

누군가 자설련 뿌리를 사 간 사람을 조사하고 있다.

자설련 뿌리는 조금 전 의원의 말대로 이 년 동안 아무도
찾지 않는 약재다. 그러니 인근에서 자신만이 찾는다고 봐야
했다.

제남에 있을 때도 비슷했다.

그곳 의방에서도 자신 때문에 자설련 뿌리가 동이 났었다.

자신의 집안은, 아니, 딸 수린은 자설련이 꼭 필요했다.

누군가 자신을 찾으려면 그 점을 제일 먼저 착안할 것이라
고 항상 생각했다.

그래서 되도록 같은 의방은 두 번 찾지 않았고, 부득이한 경우에는 아들들을 보내거나 다른 사람을 시켰다. 그것도 모자라 가까운 곳은 놔두고 열흘 거리나 떨어진 곳까지 가서 사오는 수고도 마다하지 않았다.

그런데도 누군가 범위를 좁혀오고 있었다.

아마도 동창의 놈들이리라.

한 곳만 이용하지 않았으니 당장 자신이 있는 곳은 찾지 못하겠지만 열흘 거리 안에 있는 마을을 모두 조사하면 조만간 코앞에까지 들이닥칠 것이다.

가문이 풍비박산 난 일 년 후 하유걸은 은하표국이 있던 곳으로 변장한 채 찾아가 보았다.

그곳에서 며칠 동안 은밀히 동정을 탐문한 결과 어떤 놈이 자신의 가문에 대해 철저히 조사를 하고 갔다는 사실을 알았다.

한조산이 놈들을 유인해 갔지만 놈들은 아직 자신 가족들을 찾고 있다는 것을 알았다.

그때부터 극히 조심을 하고 살았는데 결국 놈들이 이곳까지 범위를 좁혀 온 것이다.

이젠 이곳을 떠나 다른 곳으로 가야 할 때였다.

그러나 최근에 딸 하수린의 상태가 극히 악화되어 장거리 여행을 견뎌낼 수 있을지 걱정이었다.

수명이 얼마 남지 않은 지금 딸의 상태는 혼자서 걷는 것도 힘들었다.

하지만 한시도 지체할 수 없는 일이다.

되도록 산동에 있고 싶었지만 이젠 산동을 떠나 아예 다른 곳으로 가야 했다.

그곳에도 개방 분타는 있을 것이니 한 가닥 희망의 끈은 계속 남아 있는 것이다.

'아직도 더 기다려야 하는 것이냐?'

하유걸은 이한성의 모습을 떠올렸다.

헤어질 때 열네 살이었으니 지금 뇌리에 남아 있는 모습 역시 그때 그대로였다.

열네 살이면 어린 아이다.

그런데 자신은 그 열네 살 소년의 약속에 모든 희망을 걸고 있다.

이상한 일이었다.

한조산이 그렇게 굳은 약속을 했다고 해도 이렇게 전적으로 매달릴 수는 없을 것이다.

그런데 한조산에 비해 너무도 어리고 약한 소년에게 모든 걸 걸고 있는 자신을 이해할 수 없었다.

그건 비단 자신뿐만 아니었다.

아내 임소령도 마찬가지였고 세 아들도 마찬가지다.

어떻게 그런 일이 가능할까?

열네 살이면 자신이 뱉은 말을 하루 만에 뒤집어도 크게 흠이 되지 않는 나이다.

그런데도 자신들은 이한성이 열네 살 때 한 약속을 철석같이 믿고 기다리고 있다.

이한성이 보통의 소년이 아니라는 것은 그때도 느꼈지만 헤어지고 보니 더욱 확연히 느껴졌다.

특히 헤어지는 그 순간의 눈빛은 영원히 잊을 수 없다.

맹수라도 뒷걸음질을 치게 만들 만큼 강한 눈빛!

그런 눈빛을 가진 소년이라면 자신이 한 약속은 하늘이 무너져도 지킬 것이다.

그것이 하유걸 자신은 물론이고 가족들 모두가 이한성을 철석같이 믿고 있는 이유이리라.

상념에 잠겼던 하유걸은 다시 고개를 들어 주변을 살폈다.

여전히 이상한 낌새는 없었다.

좀 더 주변을 살피던 하유걸의 눈이 이채를 띠었다.

새끼줄 매듭이 걸려 있는 폐가가 보였다.

말이 폐가이지 지붕은 물론 담장도 반 이상 날아가 돌담이 조금 남아 있는 공터나 마찬가지였다.

그러나 그 돌담 위에 대나무 가지가 꽂혀 있고 그 대나무에 매듭 세 개의 새끼줄이 묶여 있다는 이상 그곳은 절대로 평범한 공터가 아니었다.

그곳은 중원에서 가장 많은 방도를 가진 개방의 분타였다.

지금 자신과 가족들이 은신해 있는 곳에도 분타가 있었다.

그리고 이곳은 그곳으로부터 열흘 정도 떨어진 곳인데 이곳에도 분타가 있었다.

개방 조직의 광대함이 다시금 느껴지는 순간이었다.

새끼줄 매듭을 확인한 하유걸은 천천히 주변을 돌아보았다.

"엇!"

어느 순간 하유걸은 두 눈을 크게 뜨며 경호성을 토했다. 동시에 돌담 한 곳을 향해 벼락처럼 신형을 움직였다.

무너진 돌담의 한가운데에 있는 가장 크고 편평한 돌에 딸의 이름이 적혀 있었다.

어린아이의 필체처럼 조잡했지만 날카로운 도구로 돌의 표면을 긁어 만든 그 이름은 심한 비바람이 몰아쳐도 지워지지 않을 정도로 깊이 새겨져 있었다.

그리고 그 옆에는 한성과 호연이라는 이름도 같이 새겨져 있었다.

쿵!

쿵!

하유걸의 심장이 두방망이질 쳤다.

이건 결코 우연이 아니다.

수린이라는 딸의 이름만 있다면 동명이인의 누군가가 장난처럼 새겨놓았다고 할 수도 있었다.

그러나 한성과 호연의 이름이 동시에 새겨진 이상 절대로 우연이 아니다.

오매불망 기다리던 그 순간이 온 것이다.

이곳에 이런 표식이 있다면 자신들 가족이 은신하고 있는 곳의 개방 분타에도 마찬가지일 것이다.

얼른 그곳으로 가서 확인하고 가족들과 사라져야 할 것이다.

하유걸은 전낭을 꺼내 돈을 세었다.

말을 한 마리 구하기에는 빠듯한 금액이었다.

말을 타고 하루 종일 달려도 사흘은 걸릴 것이니 그동안은 굶어야 할지도 몰랐다.

하지만 급한 상황은 그런 것들을 염두에 둘 수 없었다.

말과 함께 풀을 뜯어먹고 가더라도 최대한 빨리 달려가야 했다.

하유걸은 빠르게 개방 분타를 벗어났다.

第五十四章

罪惡如到〔找不著源〕

진성무관은 빠르게 안정을 되찾아갔다.

많은 관도가 죽고 장현방의 위협에 굴복하여 등을 돌렸던 관도들은 스스로 진성무관을 떠났지만 가족들과 핵심 관도들은 온전했다.

천호연이 오필만을 통해 필사적으로 장현방도들의 횡포를 막았기 때문이다.

이한성이 좀 더 지체된 후에 나타났다면 어찌 되었을지 몰랐겠지만 적시에 이한성과 정호회의 타격대가 들이닥쳐 최악의 상황은 면했다.

그것만으로도 천만다행이었다.

가족이 모두 살아 있으니 언젠가는 예전의 영화를 되찾을 것이다.

하지만 그때까지는 정주유검가의 보호를 받을 수밖에 없었다.

그런 상황에서 진성무관주 강이환이 뜻밖의 제안을 했다.

자신들 가문이 정주유검가의 검대로 편입되겠다고 했다. 그리고 다른 검대와 마찬가지의 지원을 요구했다. 그 대가로 독립을 준비하고 있는 정검대에게 자신들의 터전인 이곳을 제공하겠다고 했다.

그 말을 들은 정검대주 정사일의 눈이 화등잔만 하게 커졌다.

자신으로서는 절대로 손해 보는 제안이 아니었다.

아니, 호박이 넝쿨째 굴러온 제안이었다.

독립을 하려면 가문을 일으킬 만한 장소를 물색하고 또 그곳을 매입하려면 엄청난 돈이 필요하다.

그 돈의 일부는 유검가에서 지원하겠지만 자신들이 부담해야 할 금액만으로도 허리가 휘청거릴 것이다.

그런데 이곳 진성무관의 터전에 자리를 잡으면 그야말로 몸만 오면 되는 것이다.

이곳은 이미 무관이었던 곳이니 무가로 자리 잡는 데도 따로 신경 쓸 것이 없었다.

건물 구조나 넓은 연무장 등 모든 것이 다 구비되어 있었다.

그런 입장은 정주유검가도 마찬가지다.

정검대가 독립을 하면 다른 검대를 물색해야 하는데 진성 무관이 핵심 인원들을 이끌고 그대로 들어오면 대원들만 조금 더 충당하면 되는 것이다.

그들이 데리고 올 수 있는 인원들이 백 명 가까이 되니 시간을 두고 백 명 정도만 더 받아들이면 된다.

또한 정검가의 터전을 마련하는 데 들어가는 막대한 돈은 고스란히 절약된다.

"정말 그래도 괜찮겠습니까?"

유검가의 대표격인 유세진이 신중한 표정과 함께 물었다.

허창에서 패권을 다투던 가문이 하루아침에 다른 가문의 가신 집안이 된다는 것은 절대로 쉬운 일이 아니다.

그것은 용의 꼬리보다는 뱀의 머리가 되라는 옛말과도 정면 배치되는 일이었다.

"이번 일을 통해 뼈저리게 느꼈습니다. 강호에서는 실력이 곧 목숨이지요. 실력이 없으면 아무리 큰 집을 지어도 소용없다는 것을 알았습니다. 또한 어떤 이유에서인지 놈들은 이곳 허창을 집요하게 노린다는 느낌을 받았습니다. 그러니 앞으로도 재차 이런 일이 벌어질 것입니다."

강이환이 단호한 음성으로 답했다.

강이환의 대답에 유세진의 눈이 깊게 가라앉았다.

가문에서 파악한 상황도 그랬다.

무슨 이유인지 놈들은 허창에 강한 집착을 가지고 있었다. 그래서 놈들은 은밀하게 장현방을 지원하여 장현방의 세력을 빠르게 키웠다.

그런 기운을 강이환 역시 느낀 모양이었다.

강이환의 결정에 부인 곽여정의 두 눈에서 주르르 눈물이 흘러내렸다.

자신이 생각해도 지금 상황에서는 남편의 판단과 선택이 최선이었지만 하루아침에 터전을 버리고 남의 집 가신으로 들어가는 것이 통탄스러운 것은 어쩔 수 없었다.

부상을 입은 강이환의 두 동생 역시 굵은 눈물을 흘렸다.

"눈물을 거두시오, 부인! 이곳에 있다가 놈들이 다시 쳐들어오면 그땐 정말 아무도 살아남지 못할 것이오. 우리는 유검가라는 울타리 안에서 착실히 실력을 키워 언젠가 다시 독립을 하면 될 것이오. 지금은 가족들이 모두 살아 있다는 것만으로도 천지신명께 감사할 일이 아니겠소."

강이환의 엄한 음성에 곽여정이 고개를 끄덕였다.

"알겠어요. 대신 십 년 안에 꼭 독립을 하겠다고 약속을 해주세요."

곽여정이 피를 토하듯 말했다.

"반드시 그렇게 하겠소."

강이환은 굳게 약속을 하며 바깥으로 시선을 돌렸다.

그의 시선은 유병학, 목인화 등과 함께 무엇인가 얘기를 나누고 있는 이한성의 모습에 못 박혔다.

이한성이 유검가의 자손이라는 것을 알고 그를 염두에 두었기에 이런 결정도 가능했다.

이한성이 버티고 있는 유검가는 앞으로 몇 배는 더 성장할 것이다. 어쩌면 중원에서 열 손가락 안에 드는 가문으로 성장할지도 몰랐다.

그러면 자신들의 독립도 훨씬 더 빨라질 수 있을 것이다.

곽여정과 강이환의 두 동생도 강이환의 시선을 좇았다.

통한에 잠겼던 곽여정의 눈이 어느 순간 생기를 발했다.

그녀 역시 남편 강이환과 같은 생각을 한 것이다.

"그럼 이사 준비는 언제까지 하면 되나요?"

곽여정이 생기를 되찾은 모습으로 질문했다.

"아직… 유검가의 답도 듣지 못하지 않았소?"

강이환이 망연한 표정으로 말했다.

"하하! 우리로서는 그야말로 호박이 넝쿨째 굴러들어온 셈인데 다른 답이 필요 없겠지요. 최대한 빨리 형님, 아니, 자주님께 연락하여 일을 추진하겠습니다."

유세진이 호쾌한 웃음과 함께 대꾸했다.

"집으로는 안 갈 생각이냐?"

강이환 가족들이 자신들을 주시하고 있다는 사실을 모른 채 유병학이 이한성에게 물었다.

본가에서 나올 때 잠시 다녀온다고 했는데 예상치 못한 일로 한참이나 지체되고 있었다. 아마도 증조할머니 연화 대부인은 뜬눈으로 밤을 지새우고 있을 것이다.

"조만간 한번 다녀오도록 하겠습니다."

이한성이 답했다.

"다시… 와야 하는 것이냐?"

유병학이 눈 사이를 좁히며 말했다.

그 역시 초상승 검법을 익힌 이한성이 한시라도 빨리 가문으로 들어와 가문의 검법을 상승시키는 데 매진했으면 하는 강한 소망을 가지고 있었다. 집념덩어리인 이한성이라면 머지않아 대성을 이룰 수 있을 것이라 확신하고 있었다.

"여기서 기다려야 할 사람이 있습니다. 그 사람을 만나면 같이 돌아가겠습니다."

"그 사람은 꼭 여기서 만나야 하는 것이냐? 집으로 돌아가서 만나면 안 되냐?"

유병학이 아쉬운 음성으로 말했다.

"그 사람은 이곳을 향해 올 겁니다. 이곳에서 기다려야 합니다."

이한성의 음성이 바위처럼 확고했기에 유병학은 더 이상 아무 말도 못하고 입맛만 다셨다.

"저 아가씨… 자꾸 너만 쳐다보는데?"

옆에 있던 목인화가 짓궂은 표정과 함께 이한성에게 말했다.

그녀가 말한 아가씨란 정호회의 부맹주 소정운의 손녀인 소소미(蘇小美)였다.

정호회 탄생에서부터 큰 역할을 한 소가장의 장주 소정운은 다른 가문들에 비해 가장 많은 인원을 차출하여 정호회 타격대에 합류시켰다.

그들 중에 손녀딸 소소미와 그의 사촌 오빠 소명윤(蘇明允)도 있었다.

호기심 반, 두려움 반으로 따라온 그녀는 진성무관의 담을 넘자마자 풍겨오는 자욱한 혈향에 기절할 듯 놀랐지만 차츰 안정을 찾고 타격대의 일원으로 검을 휘둘렀다.

이기면 뭐든 재미있다.

도망가는 상대를 향해 검을 휘두르는 것 역시 마찬가지다.

그녀는 검에 피 한 방울 묻히지 않고 승리를 쟁취하며 한껏 기분이 고조되어 있었다.

나중에야 그 승리의 주역이 이한성이라는 것을 알았다.

자신들이 도착하기 전에 그는 생사혈검 오필만을 스무 합도 겨루기 전에 바닥에 눕혀놓았고 정체 모를 괴인 스무 명도 일검에 벌집으로 만들어 놓았다고 들었다.

그 사실은 도저히 믿지 못할 정도였지만 바닥에 쓰러져 있는 생사혈검을 직접 보았으니 믿지 않을 수 없었다.

자연 이한성에게 관심이 생겨 말이라도 걸고 싶었지만 이한성에게서 자연스럽게 뿜어져 나오는 무거운 기운에 접근을 하지 못하고 눈치만 보고 있었다.

"내가 추남은 아닌 모양이군."

이한성은 소소미를 쳐다보지도 않고 짤막하게 대꾸했다.

"너 지금 그걸… 농담으로 던진 건 아니지?"

목인화가 당장에라도 웃음을 터뜨릴 준비를 하며 이한성을 쳐다보았다.

다른 사람이 하면 적절한 농담으로 받아넘길 수 있는데 이상하게도 이한성이 하면 지독히 어색했다. 그래서 더욱 웃음이 터져 나왔다.

그런 의미에서 이한성의 농담은 완벽히 성공했다고 볼 수도 있었다.

"푸후후!"

목인화는 결국 실소를 터뜨렸다.

이한성을 훔쳐보던 소소미의 눈에서 작은 불꽃이 튀었다.

"그러는 넌 왜 그렇게 훔쳐보냐?"

유병학이 의미심장한 눈으로 목인화를 쳐다보며 말했다.

"어머! 제가 언제요?"

목인화가 화들짝 놀라며 이한성과 유병학을 번갈아 쳐다보았다.

"아까는 저쪽 건물 모퉁이에서, 그리고 어제는 네 숙소 앞기둥 뒤에… 으윽!"

유병학이 말을 맺지 못하고 비명을 질렀다.

목인화가 그의 허리를 세차게 꼬집었기 때문이었다.

유병학의 입을 막은 목인화는 슬쩍 이한성의 눈치를 살폈다.

그러나 이한성은 어느새 저 앞으로 걸음을 옮기고 있었다.

그곳에서 이한성의 사제들이라고 소개받은 일남일녀가 걸어오고 있었다.

사진혜를 쳐다본 목인화의 눈에서도 작은 불꽃이 튀었다.

"준비 다 됐어요, 오라버니."

경장을 차려입은 사진혜가 딱딱한 음성으로 말했다.

예전 같으면 이한성 앞에서는 항상 해실거릴 그녀였지만 오필만에게 호되게 당하고 장현방도들에게 고초를 겪은 후 그녀의 표정은 가면을 씌운 것처럼 굳어 있었다.

심적 상처가 너무 큰 탓이었다.

그건 사진용 역시 마찬가지였다.

아니, 그는 훨씬 심했다.

강호로 나오자마자 첫 대결에서 동생도 지켜주지 못한 채 무참한 패배를 맛보았다.

모르긴 해도 속에서는 용암이 들끓고 있을 것이다.

"너도 준비됐지?"

이한성이 사진용에게 물었다.

사진용이 대답 대신 고개만 무겁게 끄덕였다.

그때 이후로 그는 아직 한마디 말도 입 밖으로 내지 않았다.

"검을 다오."

이한성의 말에 사진혜가 자신의 검과 함께 같이 들고 나온 적운검을 이한성에게 건넸다.

"그럼 출발하자."

이한성이 성큼 앞장을 서자 사진용과 사진혜가 그 뒤를 따라 표표히 진성무관 대문 밖으로 사라졌다.

"어!"

"어?"

유병학이 멍하니 이한성과 사진용 남매를 쳐다보다가 그들이 대문 밖으로 나가자 황급히 검을 챙겨 들고 뛰어갔다.

목인화도 유병학과 비슷한 표정을 짓다가 유검가 검대원 한 명의 검을 뺏어 들고 대문을 향해 종종걸음을 쳤다.

"뭐, 뭐야?"

"무슨 일이지?"

소명윤 남매도 잠시 당황한 표정을 짓다가 자신 가문의 청년 몇 명과 함께 덩달아 달려갔다.

*   *   *

열 명가량의 인영이 산길을 오르고 있었다.

산길이라고 하지만 마차가 다닐 정도로 넓고 경사가 급하지 않아 인영들의 걸음은 무척이나 빨랐다.

제일 앞에는 이남일녀가 자리했고 좀 뒤처진 거리에서 몇 명의 남녀가 따랐다.

그들은 이한성과 사진용 남매, 그리고 영문도 모르고 무작정 그들을 따르고 있는 유병학 등이었다.

"대체 어딜 가는 거예요?"

목인화가 뒤에서 유병학에게 물었다.

"낸들 아나."

유병학이 어깨를 으쓱하면 답했다.

"그런데 왜 따라가세요?"

목인화가 어이없다는 표정으로 말했다.

"그러는 넌?"

"난… 오라버니가 득달같이 검을 챙겨가니까 따라오는 거죠. 다른 타격대 분들도 마찬가지고……."

목인화는 자신들과 마찬가지로 영문도 모른 채 따라오는 소명윤 남매와 다른 청년들을 타격대라는 말로 입장을 세워 주었다.

영문도 모른 채 따라오는 것이 아니라 같은 타격대이기에 같이 행동해야 한다는 말이었다.

목인화의 시선을 받은 소명윤과 소소미 등이 자신도 모르게 고개를 끄덕였다.

그들의 얼굴에는 목인화가 자신들의 입장을 대변해 준 데에 따른 고마움의 표정이 어렸다.

"그럼 직접 물어보지 그러느냐."

유병학이 빈정거렸다.

"답해줄 사람들 같았으면 벌써 그랬죠."

목인화가 한숨을 내쉬었다.

"병학 오라버니께서 한번 물어……."

"젠장!"

유병학이 목인화의 말을 끊으며 신음을 토했다.

"왜요?"

목인화가 앞을 쳐다보다가 눈이 동그랗게 변했다.

모퉁이를 돌자 백 장 정도 앞에 세워진 건물이 보였다.

여러 겹의 목책과 담으로 둘러싸인 그곳은 장현방의 본거지였다.

이한성은 사진용과 사진혜를 데리고 장현방의 본거지를 향해 곧장 온 것이다.

"설마?"

목인화가 유병학을 쳐다보았다.

유병학도 놀란 눈으로 이한성을 쳐다보고 있었다.

"설마 지금… 장현방으로 쳐들어가려는 건 아니겠죠?"

목인화가 더듬거리며 물었다.

"그러고도 남을 사람이지."

유병학이 이한성의 뜻을 읽은 듯 답했다.

"이, 이건 아냐!"

목인화가 비명을 질렀다.

뒤에서 따라오던 소명윤 남매와 다른 청년들도 걸음을 멈춘 채 파랗게 질려 있었다.

굳은 표정으로 검을 챙겨가는 모양이 사형제들끼리 어디서 비무나 할 줄 알았다. 그래서 기필코 구경해야겠다는 심정으로 따라왔는데 그 목적지가 장현방 소굴이라니.

진성무관에서 많은 방도가 죽거나 도망갔지만 그래도 본거지에는 방주를 비롯한 이무기들이 득실거릴 것이다.

그곳을 단 세 사람이서 쓸어버리러 온 것이다.

그리고 자신들은 그들을 따라왔다.

'내가 왜 여기까지 따라온 거야?'

그들의 뇌리에 공통으로 떠오른 생각이었다.

"자신있겠지?"

이한성이 사진용과 사진혜를 향해 물었다.

당분간 자신이 이곳에서 하수린을 기다려야 하는 이상, 쓸어버려야 할 놈들이었다. 계속 놓아두면 또 무슨 짓을 벌일지 몰랐다.

정호회 타격대와 함께 쓸어버릴 수도 있었지만 패배감이 뼛속까지 스며든 사진용 남매에게는 스며든 만큼 뿜어낼 곳이 필요했다. 그렇지 않으면 이들은 언젠가는 큰 사고를 칠 것이다. 이른바 이독제독의 이치로 이들의 분을 풀어주려 했고 그곳은 바로 생사혈검 오필만을 보낸 장현방이었다.

"자신있어요!"

사진혜가 야멸차게 말했다.

"모두 쓸어버리겠습니다."

오필만에게 당한 후 처음으로 사진용의 입이 열렸다.

그의 입에서 물씬 피냄새가 피어오르는 것 같았다.

"놈들은 다수다. 절대 감정에 휩싸여 흥분해서는 안 된다. 천천히 야금야금 부수고 들어가야 한다."

이한성이 냉정한 목소리로 다짐을 했다.

"알고 있습니다."

사진용이 대꾸했다.

"좋아. 그럼 지금 바로 쳐들어간다."

이한성이 발끝에 힘을 주고 신형을 날렸다.

그를 따라 사진용 남매도 비조처럼 몸을 솟구쳤다.

순식간에 세 사람의 신형이 수십 장 앞으로 쏘아졌다.

"엇!"

"어엇!"

유병학과 소명윤 등이 경호성을 터뜨렸다.

잠시 무언가 의논하는 듯하더니 세 사람의 신형은 그야말로 포탄처럼 앞으로 쏘아진 것이다.

대체 무슨 저런 사형제가 다 있는지 입이 벌어질 지경이었다.

그러나 그것도 잠시, 장형방의 본거지에서 경종이 울렸다.

무시무시한 속도로 곧장 달려오는 세 사람을 보고 초병들 중 누군가 기겁을 하며 경종을 울린 모양이었다.

"넌 여기 있어!"

유병학이 목인화에게 단호하게 말한 후 몸을 날렸다.

"싫어요!"

목인화가 고함을 지르며 유병학의 뒤를 따랐다.

"이, 이런!"

소명윤이 당황한 표정으로 사촌 여동생 소소미와 다른 타격대원들을 쳐다보았다.

같은 타격대로 당연히 행동을 같이해야 하겠지만 이건 너무 뜻밖이었다.

"우리만 이렇게 있을 수는 없어요."

소소미가 먼저 몸을 날렸다.

놀란 소명윤이 같이 경공을 펼쳤고 잠시 머뭇거린 다른 청년들도 그 뒤를 따라 경공을 펼쳤다.

"어떤 놈이야? 왜 경종을 울려?"

장현방도 한 사람이 망루를 쳐다보며 고함을 질렀다.

갑자기 경종이 울려 뛰어나온 사내는 밖에서 별다른 낌새가 느껴지지 않자 망루를 쳐다보며 인상을 썼다.

"저기 세 사람이……."

망루에서 망을 보던 방도 하나가 놀란 음성으로 말했다.

"세 사람?"

아래쪽의 사내가 더 심하게 인상을 썼다.

"삼백 명이면 모르겠지만 고작 세 사람이 다가오는데 경종을 울린단 말이냐? 뭘 잘못 먹은 게……."

악을 쓰던 사내의 입이 벌어졌다.

망루에서 보초를 서며 경종을 울린 사내가 목을 부여잡고 꺽꺽거리고 있었다.

이윽고 사내는 망루 아래로 떨어져 내렸다.

쿵!

떨어진 사내는 이미 시신이 되어 있었다.

"스, 습격이다."

뭔가 위기감을 느낀 아래쪽 사내가 고함을 지르며 정문을 향해 달려갔다.

그 순간 정문이 박살이 나며 목책이 모두 무너질 듯 흔들렸다.

"뭐, 뭐냐?"

"무슨 소란이냐?"

이곳저곳에서 장현방 방도들이 쏟아져 나왔다.

쉬이익—

그들 사이로 세 개의 그림자가 스며들었다.

"크윽!"

"큭!"

"아아악!"

비명들이 난무하며 선혈이 자욱하게 터져 올랐다.

"앞을 막는 놈들은 모두 죽여버리겠다."

고함과 함께 사진용이 사정없이 검을 휘두르며 안채 쪽으로 향했다.

지금 앞을 막는 놈들은 조무래기들일 뿐이었다.

그들을 모조리 베는 것은 의미없는 학살이나 도살일 뿐이었다.

진짜 베어야 할 놈들은 안채에 있었다.

사진용의 고함에 장현방 사내들이 급급히 옆으로 물러섰다.

포탄처럼 돌진하는 사진용과 사진혜, 이한성의 모습에서 자신들은 근처에 가는 것만으로도 휩쓸려 지옥으로 떨어질 것은 본능적으로 느꼈기 때문이다.

쉬쉬쉭—

세 사람이 안채의 건물을 향해 달려가는 순간 건물 위쪽에서 화살들이 비 오듯 쏟아졌다.

진성무관에서 쫓겨온 놈들은 안채에 웅크리고 기습에 대한 만반의 준비를 하고 있었다. 바깥채에 있는 부하들은 실력이 극히 떨어지는, 그야말로 화살받이에 불과했다. 그들은 망이나 보다가 경종을 울려주고 죽는 역할이었다.

따다당—

사진용이 검을 휘둘러 화살들을 쳐 냈다.

"조심해!"

이한성이 사진혜를 향해 경고했다.

"걱정 마세요!"

사진혜가 짤막하게 답했다.

강전도 아닌, 이런 평범한 화살 정도는 아무리 많이 날아와도 쳐 낼 수 있었다.

쉬쉬쉬쉭!

다시 화살들이 빗발치며 날아왔다.

따다다당!

세 사람의 검에 화살들이 튕겨 나갔다.

그때 뒤에서 고함 소리들이 들렸다.

뒤따라온 유병학, 소명윤 등이 장현방도들을 베어 넘기고 있었다.

이한성의 눈살이 찌푸려졌다.

유병학만 빼면 다른 사람들은 오히려 방해만 될 소지가 높았다.

피피피핑—

다시 화살들이 날았다.

"아악!"

빗발치는 화살들을 보며 소소미가 비명을 질렀다.

그녀는 한꺼번에 이렇게 많이 날아오는 화살들을 쳐 낼 수 준이 아니었다. 겨우 한두 대는 가능하겠지만 소낙비처럼 날 아오는 이런 화살은 구경도 하지 못했다.

그건 다른 청년들도 크게 다르지 않았다.

"조심해! 독화살이야!"

유병학이 고함을 질렀다.

화살촉에서 푸르스름한 빛이 뿜어지는 것으로 보아 독을 바른 것이 분명했다.

그 소리에 안 그래도 놀란 청년들이 새파랗게 질렸다. 독화 살이면 스치기만 해도 치명적이다.

파앗—

이한성의 신형이 사라졌다가 청년들 앞에서 솟아오르며 검을 휘둘렀다.

따다다당—

날아오는 화살들이 모조리 튕겨났다.

새파랗게 질렸던 청년들의 눈이 두 배로 커졌다.

방금 이한성의 움직임은 흡사 귀신을 방불케 했기 때문이 다.

"저 안으로 뛰어듭시다."

다시 한 번 검으로 독화살들을 튕겨낸 이한성이 유병학 등을 쳐다보았다.

긴장한 표정을 한 그들이 고개를 끄덕였다.

이곳에 있어봐야 계속해서 화살 세례만 받게 될 것이다. 그것보다는 건물 안으로 쳐들어가 접근전을 벌이는 것이 나았다.

"지금!"

짧게 말한 이한성이 앞으로 쏘아졌다.

다른 사람들도 쾌속하게 신형을 날리며 이한성을 따랐다.

쾅앙—

이한성의 검격에 안채의 문도 박살 나며 뒤로 튕겨났다.

그러나 대문 안쪽에는 아무도 보이지 않았다.

안으로 진입할 것을 알고 모두 자리를 피했든지, 아니면 다른 함정을 파고 있는 모양이었다.

미리 대기하고 화살 세례를 퍼부은 것으로 보아 다른 함정이 있을 확률이 높았다.

이한성은 잠시 그 자리에 정지한 채 기감을 높였다.

저 앞쪽 통로 양쪽으로 매복의 기운이 느껴졌다.

숫자는 각각 스무 명 정도였다.

이한성은 잠시 눈을 감았다. 그리고는 주변을 관조했다.

매복하고 있는 자들의 모습이 붉은색으로 훤히 드러났다.

활을 겨누고 있는 자세였다.

놈들은 양쪽에서 화살을 재우고 통로로 자신들이 지나가기를 기다리고 있는 것이다. 비스듬히 앞쪽을 겨냥하고 있는 모습으로 보아 서로가 서로를 향해 쏘지 않도록 대비도 하고 있었다.

"잠시 이곳에서 기다리십시오."

유병학에게 말한 이한성은 사진용과 사진혜에게 수신호를 했다.

두 사람이 고개를 끄덕였다.

순간 이한성이 앞으로 쇄도했다. 사진용 남매도 그 뒤를 따랐다.

활이 겨누어진 위치가 가까워질 때쯤 이한성은 왼쪽을 향해 몸을 날렸다. 반면 사진용 남매는 오른쪽을 향해 몸을 날렸다.

피피피핑—

세 사람의 발소리에 통로 양옆에서 화살이 쏟아졌다. 그러나 세 사람의 신형은 어느새 그들의 머리 위에서 떨어져 내리고 있었다.

그다음부터는 일방적인 학살이었다.

"아아악!"

"크윽!"

"크아악!"

비명 소리가 난무하며 복도 양쪽의 궁수들이 모두 도륙되었다.

그들 역시 독화살을 시위에 재우고 있었다.

사진용은 화살 하나를 들어 올려 냄새를 맡았다.

"혈주독(血蛛毒)?"

사진용이 인상을 찌푸렸다.

화살에 묻은 독은 피처럼 붉은 거미의 독이었다.

극독이어서 스치기만 해도 순식간에 심장이 멎는다.

그런데 그것보다 더 중요한 것은 그 독은 절대로 쉽게 구할수가 없다는 것이다. 특히 이런 산적들이나 마찬가지인 장현방에서는 더욱 구하기 힘든 독이었다.

누군가 다른 세력이 이곳을 장악했다는 말이다.

"생각보다 더 위험한 곳입니다."

사진용이 이한성을 보고 말했다.

"그럼 돌아갈까?"

이한성이 물었다.

피식!

사진용이 오랜만에 웃었다.

"이제부터 실력을 발휘해야죠."

사진용이 빠르게 앞으로 나아갔다.

이한성이 손짓을 하자 사방을 경계하고 있던 유병학, 목인화 등이 달려왔다.

이한성은 그들과 보조를 맞추며 안채 가운데로 쏘아졌다.

순간 건물 곳곳에서 고함 소리가 들리며 장현방도들이 쏟아져 나왔다.

"와아!"

"와아!"

장현방도들은 순식간에 이한성 일행을 감싸며 천천히 조여들었다.

모두 합치면 백 명도 넘을 것 같았다.

삼분지 이 이상은 진성무관의 전투에서 죽든지 도망을 쳤지만 그래도 백여 명은 남아 있었다.

"적진 한복판으로 들어오다니… 죽으려고 환장을 한 놈들이 아닌가? 하하하!"

장현방 부방주 임오상(林梧相)이 고함을 치며 대소를 터뜨렸다.

방주 마종각은 어깨의 상처가 도져 임오상에게 전권을 위임하고는 며칠 전부터 방에서 두문불출했다. 때문에 임시 방주가 된 임오상은 진성무관의 전투에서 모두 쫓겨왔으니 조만간 놈들이 이곳까지 쳐들어올 것이라 생각하며 온갖 준비를 다 하고 있었다.

그런데 고작 열 명 남짓한 인간이 쳐들어왔다.

어이가 없다 못해 기가 막혔다.

"대체 네놈들은 뭐냐? 결사대라도 되는 것이냐?"

임오상이 다시 고함을 질렀다.

"그럴지도."

사진용이 차갑게 답했다.

그의 눈에서 섬뜩한 살기가 서리서리 흘러나왔다.

"하루살이 같은 놈! 어쨌든 오늘이 제삿날이다. 준비!"

임오상이 고함을 질렀다.

그러자 건물 위쪽에서 일제히 창문이 열리며 활을 든 궁수들이 모습을 드러냈다.

도합 오십은 될 것 같았다.

그들을 본 소명윤 남매와 소가장 청년들의 얼굴이 파랗게 질렸다.

앞쪽에서 날아오는 화살들도 정신이 없었는데 지금은 사방에서 활을 겨누고 서 있었다. 그리고 거리는 아까보다 더 가까웠다.

화살을 막느라 정신없이 검을 휘두르다 보면 포위망을 형성한 채 서 있는 놈들의 공격을 막지 못할 것이다.

물론 그전에 화살들에 당할 확률이 더 크겠지만…….

'내가 여길 왜 따라 들어왔지?'

소가장 사람들 모두의 뇌리에 그런 생각이 가득 찼다.

"쏴라!"

임오상이 고함을 질렀다.

혹시 다른 놈들이 뒤따라올지도 모르니 먼저 쳐들어온 애송이들은 최대한 빨리 처치하고픈 생각이었다.

피피피피피핑—

사방에서 화살이 소나기처럼 쏟아졌다.

"아악!"

소소미가 다시 비명을 질렀다.

검을 휘둘러 막을 수 있는 숫자가 아니었다.

독화살이 아니더라도 고슴도치가 될 수밖에 없었다.

죽음을 의식하며 그녀는 이한성을 쳐다보았다.

이한성의 눈이 한 점도 흔들리지 않았다.

소소미는 자신이 잘못 보았다고 생각했다.

그 순간 이한성의 검이 둥글게 원을 그렸다.

우우웅—

무거운 진동음과 함께 대기가 일그러지며 둥근 강기막이 형성되었다.

파파파파파팡—

강기막에 부딪친 화살들이 모두 튕겨났다.

파랗게 질린 채 죽음을 의식하던 소가장 청년들의 눈이 찢어질듯 크게 뜨였다.

이런 강기막은 말로만 들었을 뿐이다.

검기를 뿌리는 것만도 평생소원인 그들로서는 그야말로 천외천의 경지를 구경하는 셈이었다.

"활을 든 놈들을 모두 처치해!"

이한성은 사진용 남매에게 짤막하게 지시했다.

비릿한 미소를 머금은 사진용과 사진혜의 신형이 흐릿하게 그 자리에서 사라졌다.

"어엇!"

소명윤이 당혹성을 터뜨렸다.

코앞에 있던 두 사람이 갑자기 사라졌으니 그럴 수밖에 없었다.

"크윽!"

"아아악!"

채 숨 두 번도 내쉬기 전에 건물 위층에서 비명성이 터져 나오며 궁수들이 우박 맞은 과일들처럼 바닥으로 떨어져 내렸다.

"저, 저놈들!"

임오상이 발작을 하며 고함을 질렀다.

그러나 시간이 갈수록 바닥으로 추락하는 궁수들의 수는 많아졌다.

"이놈들부터 모두 죽여라!"

임오상이 포위망을 형성한 부하들을 향해 목이 찢어져라 고함을 질렀다.

"뒤쪽을 부탁합니다."

유병학을 향해 짤막하게 말한 이한성이 검을 비스듬히 내렸다.

그리고 어느 순간!

치치칭—

이한성의 적운검에서 세찬 불길에 터져 나왔다. 그리고 그

불길은 수십 수백 가닥으로 쪼개지며 달려오는 장현방도들에게 쇄도해 들었다.

"아악!"

"아아악!"

"크윽!"

이한성 앞쪽의 장현방도들이 다리를 부여잡고 쓰러졌다.

몰살을 시키지 않기 위해 이한성이 그들의 하체를 향해 마라검기를 날린 때문이었다.

그러나 마라검기의 위력에 호신강기 같은 것은 알지도 못하는 장현방도들은 반 이상은 다리가 잘렸고 다른 방도들도 다시는 제대로 걸음을 걷지 못할 정도로 너절해졌다.

"으으, 으으으—"

뒤에서 쳐다보던 임오상이 오장육부가 울리는 소리를 토해냈다.

이건 대결이 아니라 사신의 검에 의한 도살이었다.

그제야 방주 마종각이 어제부터 보이지 않는 이유를 알았다. 그는 아마도 야반도주를 했을 것이다.

임오상은 본능적으로 등을 돌렸다. 그리고는 미친 듯이 뒷문을 향해 달렸다.

어느새 그를 추월해 달리는 부하들도 있었다.

쉬이익—

삼 장 앞에서 한 여인이 솟아올랐다.

사진용과 함께 궁수들을 모두 베어버린 사진혜였다.

사진혜의 얼굴에 차가운 미소가 걸렸다.

그것이 임오상이 세상에서 마지막으로 본 여인의 미소였다.

혼돈(混沌)의 진원지(震源地)

第五十五章

낙양(洛陽), 유구한 세월 동안 여러 왕조가 도읍을 정한 하남성의 고도다.

고대 주(周)나라의 수도가 된 이래로 동주(東周), 동한(東漢), 조위(曹魏), 서진(西晉), 북위(北魏), 수(隋), 당(唐), 후량(後梁), 후당(後唐) 등 아홉 개 왕조가 도읍을 정하여 칠십여 명의 황제가 영화를 누렸다.

이러한 까닭에 낙양은 '아홉 왕조의 도읍'이란 뜻으로 구조고도(九朝古都)라고 불리기도 한다.

낙양이 가장 번영했던 시기는 당나라 때인데 서안이 정치의 도시였다면 낙양은 예술의 도시로 전국시대의 노자, 당나라의 두보, 이백, 백낙천 등 많은 문인과 예술인이 이곳을 중심으로 활동하였으며 예술의 꽃을 피웠다.

낙양의 중심부에 자리 잡은 백화루의 한 실내에는 정적이 감돌았다.

저녁 시간임에도 불구하고 그런 정적은 이곳 백화루에서는 무척이나 이질적인 것이었다.

백화루는 말 그대로 백 송이의 꽃이 준비된 고급 주루다. 그래서 그곳은 낮보다 밤이 열 배는 더 화려했다.

낮에는 죽은 듯이 조용하다가도 등롱이 내걸리는 밤이 되면 야화들이 화려하게 피어나며 음악 소리와 웃음소리가 떠나지 않는다.

그런데 지금 이곳은 바늘 떨어지는 소리라도 들릴 듯 조용했다.

이곳은 백화루의 지하에 있는 비밀 공간이었다.

외부와 철저히 차단된 곳이기에 수많은 악기 소리와 여인들의 웃음소리가 단 한 점도 스며들지 않고 정적을 유지했다.

그 정적 속에서 몇 명의 인영이 찻잔이 놓인 정방형 탁자를 중심으로 둘러앉아 있었다.

"이곳은 언제나 화려하군."

건장한 체격의 사내가 목이 쉰 듯한 목소리로 말했다.

비단 목쉰 듯 탁한 목소리일 뿐 아니라 발음도 어눌해서 집중하지 않으면 알아듣기 힘든 말투였다.

그 이유는 사내의 머리만 봐도 알 수 있었다.

사내의 머리는 옆과 앞부분은 모두 밀고 정수리 부분만 남겨놓은, 채두변발을 하고 있었다.

사내는 한때 중원을 지배했던 원 나라의 후예인 몽고족으로 이름은 니추기하였다.

그의 뒤로 같은 복색을 한 사내 두 명이 호위를 하듯 시립해 있었다.

"그렇구려. 이곳의 밤은 메마른 내 가슴마저도 울렁거리게 만드는구려. 껄껄껄!"

이번에도 무척 어색한 발음의 목소리가 흘러나왔다. 몽고족 사내보다 더 알아듣기 힘든 말이었다.

땅딸한 체격에 배가 임신 팔 개월의 임산부를 연상시키는 중년인이었다.

그 역시 한인의 복색이 아니었다.

머리는 모두 밀어버렸고 옷은 황색 가사만 걸치고 있었다.

그는 포달랍궁의 라마승인 타라초였다.

그의 옆으로 다섯이나 되는 라마승이 같이 앉아 있었다.

"꽃 중에서는 가장 아름다운 꽃은 바로 이곳 백화루에 있는 꽃이지요. 장담합니다. 하하!"

유창한 한어가 흘러나오며 몽고족 사내와 포달랍궁 라마승의 어눌한 발음으로 인한 갑갑함을 시원하게 지워 버렸다.

하얀 백의를 걸친 청년이었는데 먼지 한 올 묻지 않은 그

옷이 너무 잘 어울렸다.

나이는 이십대 후반 정도에 백옥처럼 하얀 피부와 붉은 입술은 남장여인이라 해도 믿을 것 같았다.

그러나 굵고 낮게 울리는 음성과 백의 안으로 감춰졌다가 순간순간 드러나는 탄탄한 근육은 그가 고도의 수련을 거친 절정고수라는 것을 단적으로 나타내 주었다.

"그건 인정해야겠소. 중원 여인의 아름다움은 정말 으뜸이오. 이번에는 내 기필코 품어보아 해탈의 경지를 맛보고 가야겠소."

배불뚝이 라마승 타라초가 더 알아듣기 힘든 발음으로 말했다.

언뜻 색욕이 동한 듯한 말이었지만 그의 얼굴에는 아무런 표정이 드러나지 않고 그냥 후덕한 인상만 풍겼다.

"그러시지요. 말씀만 하시면 언제든지 최고의 미녀를 대령하겠습니다."

백의 청년이 미소를 지으며 팔을 옆으로 벌렸다.

얼마든지 허락하겠다는 몸짓이었다.

"껄껄껄!"

"후후!"

타라초와 니추기하가 가벼운 웃음을 흘렸다.

두 사람 모두 말은 그렇게 했지만 한 번도 이곳 여인에 대해 욕심을 부린 적은 없었다. 그만큼 자신을 철저히 통제할 수 있는 사람들이란 말이었다.

"그럼 이제 본론으로 들어가시지요. 중원은 아직도 준비 단계이오? 그렇다면 그 기간이 너무 긴 것이 아니오?"

니추기하가 조금 전의 모습과는 전혀 다른 날카로운 표정과 함께 물었다.

아직 이렇다 할 일이 벌어지지 않는 데 따른 갑갑함의 토로였다.

"준비 단계라……."

백의청년이 낮게 중얼거리며 미소를 지었다.

몸에 걸친 백의 못지않게 화려한 미소였다.

"멸망을 향해 달려가는 부족의 가슴에 옛 영광의 꿈을 되살려 주고, 높은 산중에 틀어박혀 터전이 언제 불살라질지도 모른 채 자신들의 내면으로만 침잠하는 승려들을 깨우쳐 밖을 쳐다보게 하는, 그런 것이 준비 단계지요."

백의청년의 말에 라마승과 몽고족 사내의 눈에서 번쩍 하고 살기가 뻗어 나왔다.

멸망이나 터전이 불살라진다는 말은 자신들을 향한 것이기 때문이다.

마치 저주 같기도 한 말이었다.

초원을 종횡하다가 대륙을 차지했던 몽고족은 이제 다시 황량한 초원으로 쫓겨났다.

드넓은 초원이지만 그곳은 너무 황량해서 찬란한 문화를

꽃피우며 발전하기는 불가능한 곳이었다.

황량한 초원에서 여러 부족으로 뿔뿔이 흩어져 각자의 삶만을 영위하다 보면 자신들이 누군지도 잊어버리고 결국 역사의 뒤안길로 사라져 갈 것이다.

그것은 니추기하가 가장 가슴 아프게 생각하는 것이며 미치도록 떨쳐 버리고 싶은 현실이기도 했다.

어느 날 그들을 찾아온 청년은 비수로 심장을 찌르듯 그것은 지적했다.

그리고 여기까지 온 것이다.

그 점은 타라초 역시 마찬가지다.

자신들이 있는 포달랍궁 역시 부족한 것은 많지만 부러운 것은 없는 곳이었다.

몽고족이 중원을 지배하며 라마승들을 우대해 줄 땐 중원 한복판을 마음껏 돌아다녔다. 그리고 자신들이 살던 곳에 부족한 것이 너무 많다는 것을 알았다.

하지만 여전히 부러운 것은 없었다.

더 높은 정신세계를 갈망하고, 물질보다는 정신적 풍요를 우선하며 살아가는 그들이었기에 부러운 것 없이 살 수 있었다.

그런데 누군가 자신들의 터전을 침범하고 불태운다면?

고인 물은 썩게 마련이다.

자신들의 내부로만 침잠하며 외부의 상황에 눈 막고, 귀 막고 살다가 어느 날 불시에 날아드는 도검과 불화살에 터전이 모조리 불타 버린다면?

그건 몽고족의 멸망보다 더 비참한 현실이 될 것이다.

어느 날 그들을 찾아온 청년은 니추기하에게와 마찬가지로 그 점을 신랄하게 지적했다.

타라초는 평소 품고 있던 자신의 우려를 너무도 정확히 지적한 청년의 손을 잡았다. 그리고 미개한 약탈자들로 여기고 있던 몽고족과도 손을 잡았다.

청년은 오랜 준비 끝에 자신들을 찾아왔고 그 준비 기간은 아마도 십 년은 넘었을 것이다.

"준비 단계란 그런 것들이지요. 지금은 그 준비 단계에서 벗어나 한참 더 진행되었지요. 얼마나 더 진행되었는지는 나중에 설명 드리겠지만 분명한 것은 결코 준비 단계에 머물러 있다는 것은 아니라는 말이지요. 후후!"

청년이 조용히 웃었다.

그러나 그의 눈에는 단 한 점의 웃음기도 서려 있지 않았다.

마주치는 것은 모두 베어버릴 듯한 예기만이 가득했다.

청년의 확고한 음성과 비수 같은 눈빛에 니추기하와 타라초는 목을 움츠렸다.

그의 생각과 자신들 운명을 예측하는 날카로운 식견은 언제나 비수와 같았으며 자신들은 가늠도 불가능할 정도였다.

때로는 불안감을 느낄 때도 많았다.

자신들이 청년이 꾸민 일에 일개 화살받이로 전락할지 모른다는 생각이 자연스럽게 들 때도 있었다.

하지만 그렇게 되는 때가 오더라도 가만히 앉아서 소멸로 치닫는 것보다는 훨씬 나은 일이었다.

"니추기하 공이 조금 성급했던 모양이오. 껄껄!"

타라초가 가볍게 웃으며 말했다.

"한어는 언제나 어려워 단어 선택에 문제가 있었소."

니추기하는 더 어눌하게 말하며 슬쩍 시선을 돌렸다.

청년의 시선을 계속 마주하고 있다가는 망막이 타버릴 것 같았기 때문이다.

"언제나 다른 나라 말은 어려운 법이지요. 그럼 본론으로 들어가 볼까요? 타라초 대사의 준비는 어떻게 되어가고 있습니까?"

백의 청년이 타라초를 쳐다보았다.

어느새 찌를 듯한 예기는 사라지고 깊은 호수처럼 담담한 눈빛이었다.

"그러니까……."

타라초가 침을 한 번 삼킨 후 말을 이었다.

"이제까지 완강하게 반대만 하던 상궁(上宮)의 상라마들이 반 이상 귀를 기울이게 되었소. 그리고 그들이 뜻을 같이하기로 했소이다. 조금만 더 공을 들인다면 비궁(秘宮)을 열 수 있는 정족수를 채우게 되오."

타라초가 뿌듯한 표정을 하며 백의 청년을 마주보았다.

백의 청년의 입가에 옅은 미소가 어렸다.

"그럼 언제쯤 비궁을 열 수 있겠습니까?"

"이르면 한 달, 늦어도 두 달 안에는 열 명의 상라마를 더 설득하여 비궁을 열 수 있을 것이오."

타라초의 음성이 자신도 모르게 경건해졌다.

신비에 가린 포달랍궁 속에서도 가장 신비스런 비궁은 라마불교의 진수가 고스란히 간직되어 있다. 그중에서도 포달랍궁 무공은 비궁 가장 깊은 곳에 봉인된 채 숨겨져 있다.

라마승들의 오랜 심득이 담긴 포달랍궁 무공은 신비스러우면서도 강맹무쌍하다.

그들의 무공은 오랜 수행과 명상에 의거하여 그 깊이가 짐작이 불가능할 정도로 심오했다. 그러면서도 혹독한 환경에 조화되어 강맹했다.

그들에게 있어 가장 기초적인 수행도 곧 무공이었다.

고원에 자리한 그들의 밤은 지독히 춥다.

그런 추위 속에서 가사 한 벌만 걸친 채 가부좌를 틀고 수행을 하다 보면 동사의 위기에 직면한다.

그래서 그들은 수행을 하기 전에 추위를 이기는 호흡법부터 우선적으로 익히게 된다.

오랜 세월 지독한 추위와 싸우며 발전되고 전승된 그 호흡법은 가사 한 벌로 추위를 견디는 것은 물론, 가사를 물에 담근 후 그대로 입고 몸에서 나는 열로 말려낸다.

그 호흡법이 완성 단계에 이르면 하룻밤에 젖은 가사를 일곱 벌이나 말릴 수 있다.

그런 필사적인 수행을 통한 그들의 호흡법은 신묘하기 그지없다.

또한 그 수행은 곧바로 무공으로 이어지고 무공 역시 신묘하고도 강맹한 위력을 발휘한다. 그 무공의 정수가 비궁 깊은 곳에 봉인된 채 잠자고 있다.

봉인의 이유는 이백 년 전에 벌어졌던 내분 때문이었다.

서로의 깨달음을 논의하는 자리에서 사소한 인식 차이로 벌어진 의견 충돌은 아무리 토론을 해도 틈을 매우지 못했고 오히려 더 벌어지기만 했다.

급기야 그 차이는 무력충돌을 벌이는 지경까지 가게 되었다.

오랜 수련을 통한 내면 깊은 곳에 쌓아둔 극강한 힘은 포달랍궁 무공의 형태로 무자비하게 터져 나왔고 단 하루 사이에 수백 명의 사상자를 발생시켰다.

승자는 없고 패자만 가득한 싸움이었다.

사태가 진정되고 모든 라마승이 정신을 차렸을 때는 자욱한 피비린내만이 온 포달랍궁을 감돌았다.

그동안 쌓아올린 공덕은 하루아침에 무너졌고 진리와의

틈은 더욱 벌어지며 모두 지옥에 빠진 듯한 절망감을 맛보았다.

그날을 계기로 대라마는 특단의 조치를 내려 일반적인 무공은 익히게 했지만 포달랍궁 무공의 정수는 비궁에서도 가장 깊은 곳에 봉인하고 더 이상 익히지도, 전수하지도 못하게 했다.

그러나 언젠가 위기가 닥칠 때를 대비해 대라마는 상궁에서 수행하는 상라마가 구 할 이상 동의하면 비동을 열고 그곳에서 잠자는 포달랍궁 무공의 정수를 익힐 수 있게 선포했다.

지난 이백 년 동안 봉인을 풀려는 시도가 몇 번 있었지만 상라마들 구 할의 동의는 얻지 못했다.

가장 많은 동의를 얻었을 때도 칠 할에 불과했다.

그러나 이젠 그 가능성이 어느 때보다 높았다.

이백 년 동안 갈증에 시달린 탓도 있었고 타라초의 설득, 아니, 백의 청년의 지적에 상라마들이 동조했기 때문이다.

"만야 비궁을 연다면 얼마 만에 상승무공들을 익힐 수 있겠습니까?"

백의 청년이 다시 물었다.

"비동에는 총 열 가지의 정수가 봉인되어 있는데 그중 가장 심오한 두 가지 무공은 오 년은 걸려야 가능하오. 그 외 여덟 가지 무공은 일 년, 길어도 이 년이면 팔 성 이상 익힐 수 있소."

"그 정도면 중원 수준으로는 얼마나 된다고 봅니까?"

백의 청년의 얼굴에 강한 호기심이 어렸다.

중원 무공이 포달랍궁 무공에 비해 약하다고 생각지 않았다.

중원 십팔만 리 곳곳에 퍼져 있는 모래알만큼 많은 강호인 중에는 극강의 고수들……. 그들 중에 절정고수 또한 얼마나 많은가?

그들이 라마승들에 비해 약하다고 생각되지는 않는다.

"여덟 가지 무공 중 한 가지만 대성해도 구파일방 장문인은 상대할 수 있을 것이오."

타라초가 자신있게 말했다.

그 역시 중원에 고수가 얼마나 많은지 익히 알고 있다.

하지만 무공은 상대적이다.

환경이 전혀 다른 곳에서 생성된 것들은 그 근본부터 완전히 다르다.

중원의 심산유곡에 있는 뱀이 아무리 맹독을 가졌다 해도 남만 밀림에 있는 뱀을 당하지 못한다.

무공 역시 그런 환경적 요인이 작용할 수 있다.

"아주 좋습니다. 돌아가시는 즉시 보름 안에 비궁을 열고, 일 년 안에 대성을 익힌 고수가 최소 열 명은 나오게 박차를 가하십시오."

"그건……."

"하십시오!"

백의 청년이 단호하게 말했다.

그의 눈에서 항거할 수 없는 기운이 뿜어져 나왔다.

"알겠소."

타라초가 고개를 끄덕였다.

"다음, 니추기하 공은 어떻게 진행되고 있습니까?"

백의 청년이 니추기하를 정시했다.

니추기하가 생각을 정리하는지 잠시 침묵을 지켰다.

"일 년 후에는 십만 기병이 완전 무장한 채 출동할 수 있을 것이오."

니추기하가 단도직입적으로 답했다.

그의 말에 백의 청년의 눈이 서서히 빛을 발했다.

완전무장한 몽고 기마대 십만이면 거대한 돌풍이 될 수 있다.

그들이 중원을 향해 곧장 진격해 온다면 중원은 아수라장이 될 것이다.

단시간 내에 중원을 완전히 장악하는 것은 어림없겠지만 몽고마를 타고 장창을 휘두르며 쳐들어오는 그들은 공포의 대명사다.

오래전 그들의 말발굽 아래 중원은 자신들의 모든 것을 내주었다. 그 기억이 뇌리 한복판에 남아 있기에 더욱 그랬다.

그들 십만 기마대가 다시 중원을 한바탕 휘저어준다면 대

혼란이 일 것이고 그때는 자신들이 오랜 세월 준비한 계획을 실행시킬 수 있다.

"좋은 소식이오. 하지만 난 더 좋은 소식을 바라는 바입니다."

청년이 찌르듯 니추기하를 쳐다보았다.

"더 좋은 소식을 듣고 싶으면 돈이 더 필요하오."

니추기하가 의미심장한 미소를 지으며 말했다.

"얼마가 더 필요합니까?"

백의 청년이 담담한 목소리로 물었다.

"황금 오십만 냥!"

니추기하의 대답에 타라초와 그의 옆에 앉아 있는 다섯 라마승의 입이 벌어졌다.

은자 오십만 냥도 상상이 안 되는 금액인데 황금 오십만 냥이면 대체 얼마만 한 돈인가?

"그것이면 됩니까?"

라마승들의 놀람과는 상관없이 백의 청년은 여전히 담담한 목소리로 물었다.

"그 정도를 더 들이면 모든 인원을 철갑으로 무장시킬 수 있겠소. 저번에 준 돈으로는 삼분지 이밖에 무장시키지 못했소."

"철갑?"

니추기하의 대답에 타라초가 눈을 크게 뜨고 백의 청년을 쳐다보았다.

자신으로서는 처음 듣는 얘기지만 청년은 니추기하에게 무언가 다른 지시를 한 모양이었다.

"철갑… 기마대를 만들고 있는 것이오?"

타라초가 니추기하를 쳐다보며 질문했다.

"그렇습니다."

니추기하 대신 백의 청년이 답했다.

"대체… 인원은 얼마나 되오?"

"일만!"

타라초는 신음을 삼켰다.

철갑기마대 일만이면 일반 기마대 십만과 맞먹을 만하다.

그럼 니추기하가 준비하는 무력은 몽고정병 이십만이나 마찬가지다.

백의 청년은 생각보다 훨씬 더 큰 준비를 하고 있었다.

"좋습니다! 황금 오십만 냥을 드리지요."

청년의 대답에 니추기하와 타라초의 눈이 두 배로 커졌다.

반은 깎을 줄 알았는데 단 한 푼도 깎지 않았다. 그리고 즉시 지불하겠다는 말이다.

대체 이 청년은 그런 엄청난 금액을 어디서 구한단 말인가?

두 사람은 자신도 모르게 입을 벌렸다.

"대신 일 년 안에 모든 무장을 마치십시오."

"그건!"

타라초와 마찬가지로 니추기하도 청년의 그 요구에는 난색을 표했다.

"하십시오!"

청년이 단호한 음성으로 말했다.

그의 눈에서 번쩍! 하고 불꽃이 튀었다.

"아, 알겠소."

니추기하가 마침내 고개를 끄덕였다.

"그럼 이젠 공자께서 설명해 줄 차례요. 공자의 준비는 어떻게 되어가고 있소?"

타라초가 강렬한 눈빛과 함께 백의 청년을 쳐다보았다.

니추기하도 날카로운 눈으로 백의 청년을 쳐다보았다.

두 사람의 안광을 마주한 백의 청년이 빙긋 미소를 지었다. 그리고는 여인처럼 붉은 입술을 움직였다.

"얼마 지나지 않아 중원무림은 우리가 원하는 방향으로 움직이게 될 것입니다."

백의 청년이 자신감 가득한 목소리로 말했다.

"무림일통이라도 했다는 말이오?"

타라초가 시큰둥하게 물었다.

청년의 말은 무림일통을 해야 가능할 만큼 신빙성이 없었기 때문이다.

"후후!"

청년이 나직하게 웃었다.

"그런 건 바보들이나 하는 짓이지요."

"그럼?"

"중원무림의 육 할 이상을 우리 의지대로 움직일 수 있다면 충분히 가능합니다."

"설마… 정파무림의 육 할을 장악했다는 말이오?"

이번에는 니추기하가 물었다.

"중원에 정파무림만 있는 것이 아니지요."

"그럼?"

"흑도문파도 엄연히 중원무림의 일원입니다. 그들의 세력을 정파무림 이상으로 만들면 가능할 수도 있지 않을까요?"

백의 청년이 미소를 지으며 오히려 질문했다.

그러나 니추기하의 표정은 전혀 변하지 않았다.

아무리 흑도문파를 많이 만들어낸다고 해도 장구한 역사를 지닌 정파무림을 당할 수 없다.

"후후!"

니추기하의 심정을 읽었는지 백의 청년이 의미심장한 웃음을 흘렸다.

"중원무림을 지탱해 온 가장 큰 지지대가 무엇인지 아시오?"

"그야 오랜 역사 속에 다져진 심후한 무공이 아니겠소."

이번에는 타라초가 답했다.

"그것도 하나의 요소이긴 하지요."

"더 큰 요소가 있다는 말이오?"

타라초의 눈이 세모꼴로 변했다.

"물론이지요. 오랜 역사가 깃든 무공보다 더 탄탄한 지지대는 바로 하수불범정수(河水不犯井水)라는 철칙이었지요."

"하수불범정수?"

"정수불범하수라고도 하는데… 황궁은 무림을 침범하지 않고 무림 역시 황궁을 침범하지 않는다는 철칙이지요. 그건 무척이나 황당하면서도 또한 가장 현실적인 발상이지요. 막강한 힘을 지닌 두 세력이 충돌을 하면 공멸을 면치 못할 테니까요."

백의 청년의 미소가 짙어졌다.

"난 그 지지대를 왕창 박살 내버릴 생각이오. 그래서 두 세력이 양패구상의 상처를 입고 나면 중원무림은 우리가 원하는 방향으로 움직일 수 있다고 생각하오. 그렇게 된 상황에서 두 분이 준비된 정병과 고수들을 이끌고 나타나면 예전의 영광을 재현할 수 있겠지요?"

백의 청년의 대답에 타라초와 니추기하는 아무 말도 하지 않고 청년만 쳐다보았다.

그게 가능하다면 과거의 영광을 재현할 수도 있을 것 같았다. 그러나 그건 절대로 쉬운 일이 아니라는 것은 삼척동자도 알 것이다.

"만약 공자가 말한 기한 안에 그 지지대가 왕창 무너지지 않고 굳건하다면?"

한참 후 니추기하가 차가운 음성으로 물었다.

황실과 무림의 전쟁!

그런 상황이 발생한다면 거침없이 십만 정병을 이끌고 올 것이다. 그러나 아무리 생각해도 그런 미증유의 상황은 발생하지 않을 것 같았다.

"그땐 날 만난 사실을 잊어도 좋소. 후후!"

백의 청년이 화사한 미소를 피워 올렸다.

"알겠소. 만약 그게 가능하다면 우린 한 치의 주저도 없이 공자를 도우러 달려올 것이오."

마침내 타라초가 크게 고개를 끄덕였다.

"나 역시 그렇게 하겠소."

니추기하도 이글거리는 눈으로 동의를 표했다.

그게 가능하기만 하다면 중원을 짓밟을 그보다 더 좋은 기회는 없을 것이다.

그런데 과연 저 계집애 같은 놈은 그 후에 무엇을 할 작정인가?

니추기하의 뇌리에 언제나 그런 의문이 맴돌았다.

그래서 그런 일을 벌인 이후에 공자가 하고 싶은 것은 무엇이오? 하고 몇 번 질문을 던져 보았지만 그 대답은 일 년 후에 하겠다는 답만 들었다.

'과연 저놈이 원하는 것은 무엇일까?

타라초 역시 뇌리를 가득 채운 의문에 머리가 아플 지경이었다.

'그건 그때 가서 생각하고 우선은 비궁부터 열어야겠지.'

타라초는 당면한 문제부터 해결할 생각을 했다.

모든 것이 틀어져서 수포로 돌아간다 해도 자신들은 손해 볼 것이 없다.

비궁을 열어 포달랍궁 무공의 정수를 다시 익히게 되는 것만으로도 자신들은 예전에 비해 몇 배는 강해질 것이다. 그림으로 인해 외세의 침략에 대응할 수 있다.

그건 니추기하 역시 마찬가지였다.

중원으로 진격하는 일이 틀어진다 하더라도 중무장한 정병 십만 명과 철갑기마대 일만이면 흩어진 부족들을 모으고 예전의 영화를 건설할 기반을 마련할 수가 있다.

어쩌면 청년과의 약속은 팽개치고 자신들 부족을 결속시키는 것이 더 나을지도 모른다.

'물론 저놈은 그에 대한 대비도 해놓았겠지.'

이젠 호랑이 등에 올라탄 형국이다.

갈 데까지 가봐야 하는 것이다.

니추기하는 속으로 한숨을 삼켰다.

"하하! 이것으로 딱딱한 회의는 모두 끝났으니 이제부터는 간단한 여흥을 즐기겠소. 소생이 정성껏 준비했으니 몸과 마음의 긴장을 모두 풀고 즐기도록 하시오."

백의 청년은 호쾌하게 웃은 후 손뼉을 쳤다.

스르릉—

잠시 후 밀실의 문이 열리며 열 명의 미녀가 술상을 들고 안으로 들어왔다.

술상을 내려놓은 여인들이 날아갈 듯 절을 올렸다.

'으음!'

니추기하가 신음을 흘렸다.

심혼이 빨려들 정도로 아름다운 여인들이었다.

"역시 중원 꽃들의 아름다움은 명불허전이오. 껄껄껄!"

타마초가 반색을 하며 너털웃음을 터뜨렸다.

"정말 아름답군."

니추기하도 고개를 끄덕이며 미소를 지었다.

"우선 춤부터 한 자락 감상하시지요."

백의 청년이 손짓을 하자 여인 중 한 명은 호금을 들고 앉았고 다른 아홉 명의 여인은 실내 가장자리로 둘러섰다.

띠디딩—

칠현금이 가벼운 음률을 토했다.

그에 맞추어 여인들이 부드럽게 몸을 움직이며 춤을 추기 시작했다.

칠현금의 음률이 점차 빨라졌고 실내의 가장자리를 돌며 춤을 추는 여인들의 몸동작도 점차 빨라졌다.

생동감 넘치면서도 몽환적인 춤사위였다.

춤만 바라보고 있어도 마음속의 번민은 물론, 육체적인 피로마저 말끔히 씻겨 나가는 것 같았다.

띠디딩 떵떵—

빨라지던 칠현금의 음률이 갑자기 느려졌다. 반면 그 음색은 훨씬 강렬했다.

팔랑—

칠현금의 연주에 맞추어 여인들이 한 꺼풀씩 옷을 벗기 시작했다.

"허어—"

타라초가 탄식을 토했다.

니추기하도 상기된 얼굴로 여인들을 쳐다보았다.

아슬아슬한 나삼 차림이 된 여인들은 기이한 몸동작으로 고혹적인 춤을 추기 시작했다.

실로 뇌쇄적이라 할 만했다.

그런 쪽으로는 이미 부동심을 갖추고 있는 타라초와 니추기하였지만 지금 춤을 추고 있는 여인들의 모습에는 심하게 마음이 흔들렸다.

'으음!'

타라초와 니추기하는 내력을 끌어올렸다.

그런데 어찌 된 일인지 내력을 끌어올리자 마음이 더욱 흥분되었다.

절대로 보통의 춤사위가 아니었다.

타라초가 일갈을 내지르려는 순간, 음률이 멈추고 춤사위도 멎었다.

"하하하!"

백의 청년이 상쾌하게 웃었다.

"역시 두 분의 부동심은 굴강하군요. 잠시 결례를 했습니다. 하지만 그것 역시 다음 단계를 위한 준비였으니 너무 불쾌하게 생각지 마십시오. 시작하라!"

청년의 지시에 아홉 명의 여인은 남고 호금을 연주하던 여인은 물러갔다.

남은 아홉 명은 각각 세 명씩 타라초와 니추기하, 그리고 백의 청년 옆에 앉아 세 사람에게 안마술을 펼치기 시작했다.

"하루 은자 일만 냥 이상을 뿌리는 백화루 귀빈들에게나 펼치는 안마술이지요. 편안히 몸을 맡기시면 모든 피로를 풀고 한층 젊어진 기분을 느낄 것입니다."

백의 청년은 시범을 보이듯 제일 먼저 비스듬히 몸을 눕혔다.

세 명의 여인이 백의 청년의 몸을 부드럽게 주물러 나갔다.

잠시 후 니추기하와 타라초도 각각 세 명의 여인에게 몸을 맡겼다.

그들의 눈이 나른하게 감겨졌다.

미래(未來)

第五十六章

‘후욱─’

낮은 호흡이 빨랫줄처럼 길게 이어졌다.

무공을 익히지 않은 사람의 열 배는 넘는 길이였다.

‘후욱─’

똑같은 방식으로 들숨도 길게 이어졌다.

실내에서 운기에 열중하고 있는 사람은 생사혈검 오필만이었다.

이한성과의 대결에서 패한 그 순간에는 생을 포기하고 싶었지만 죽어가는 누이를 생각하며 생의 끈을 잡고 수렁에서 빠져나왔다.

누이를 살려준다면 누구에게 검을 팔든 상관없었다.

그때까지 자신은 하찮은 매기자(賣技者)일 뿐이다.

누이가 살아난다면 그 후 다시 생사혈검으로 돌아갈 것이다.

그런데 과연 가능할까?

이한성에게 당하는 순간 모든 자신감을 잃었다.

두터운 철벽을 마주한 듯한 아득함을 느꼈다.

초상승의 무공!

그것은 자신이 익힌 실전무공과는 차원이 달랐다.

빈틈을 노려 파고들 만한 무공이 아니었다.

사람이 펼치는 무공인 이상 빈틈이 없을 수 없겠지만 한 차원 높은 실력이 되어야만 그 빈틈을 노릴 수 있을 것이다.

그런 차원의 고수가 되려면 근본적으로 바뀌야지 지금 상태에서 수련을 조금 더 한다고 될 일이 아니었다.

아직까지는 그런 차원의 무인을 만나지 못해 살아 있는 것이리라.

"휴우ㅡ"

오필만은 긴 한숨과 함께 운기를 중단했다.

머릿속에 잡념이 가득하니 운기가 제대로 되지 않았다.

오필만은 상체를 움직여 몸 상태를 살폈다.

숨도 크게 못 쉴 것 같았던 늑골 부위의 통증은 많이 사라졌다.

남은 이십 일 정도만 더 정양을 하면 나을 것 같았다.

문제는 검에 관통당한 채 시린 검기에 노출된 왼쪽 어깨였다.

힘줄은 끊어지지 않았지만 제대로 움직일 수가 없었다.

그래서는 검을 든 오른팔도 마음먹은 대로 움직이지 못할 것은 자명하다.

남은 이십 일 안에 회복하지 못하면 그는 정말 자신의 누이를 내칠지도 모른다.

그처럼 깊이를 알 수 없이 차갑게 가라앉은 눈빛을 한 인간들은 절대로 허언을 내뱉지 않는다.

왼팔을 움직였다.

칼로 째는 듯한 통증이 전해졌다.

"젠장!"

오필만은 역정을 토했다.

이런 상태라면 이십 일이 아니라 그 두 배의 기한이 지나더라도 힘들 것이다.

"성질을 부린다고 낫는가. 흥분하면 오히려 상처가 덧나네."

천호연이 작은 보따리를 들고 들어왔다.

오필만은 입맛을 다시며 자세를 바로 했다.

누이의 생명은 천호연의 손에 달려 있다. 또한 만신창이가 된 자신을 이만큼 회복시켜 준 사람도 천호연이었다.

"손을 내밀게."

천호연이 오필만의 맥을 짚었다.

"많이 좋아졌군. 이젠 어깨를 좀 살펴보세."

오필만은 아무 말 없이 어깨를 내밀었다.

붕대가 풀리고 어깨의 상처가 드러났다.

검에 관통당한 데다 강한 진기에 한참 동안 노출된 상처는 마치 불칼에 지진 것처럼 흉험했다.

"쯧쯧!"

혀를 찬 천호연은 가져온 보따리를 풀어 침을 꺼냈다. 그리고는 오필만의 어깨와 목 언저리에 곳곳에 꽂았다.

'으음!'

오필만은 속으로 탄성을 삼켰다.

처음에는 따끔한 통증이 느껴졌는데 숫자가 더해질수록 침이 꽂히는 그곳으로부터 시원한 물줄기가 쏟아지는 느낌이 들었다.

그건 상쾌한 정도가 아니라 저도 모르게 탄성이 새어 나올 정도로 개운했다. 이런 기분이라면 당장 팔을 휘두를 수도 있을 것 같았다.

이런 실력을 가지고 있으니 산동제일의라는 호칭을 듣는구나 싶었다. 또한 이런 사람이 동생을 치료하고 있으니 동생은 분명히 완치될 것이라는 믿음도 강해졌다.

"성질만 죽이고 정양한다면 보름 후에는 말끔해질 걸세."

침을 모두 꽂은 천호연이 말했다.

"정말입니까?"

오필만이 눈을 반짝이며 물었다.

"물론, 환자의 믿음도 추가되어야 하네."

천호연의 대답에 오필만이 재차 입맛을 다셨다.

"한 가지 물어봄세."

꽂았던 침을 빼고 상처 부위에 특별히 조제한 약을 바르며 천호연이 말했다.

"말씀하십시오."

오필만이 공손하게 대꾸했다.

"자넨 무엇 때문에 그렇게 악착같이 비무를 하며 검을 휘두르나?"

천호연이 약간 날카로운 어조로 물었다.

오필만이 한참 동안 침묵을 지켰다.

자신 역시 스스로에게 지금까지 수백 번도 넘게 그런 질문을 던져 보았다.

그러나 아직 답을 찾지 못했다.

"그냥 팔자 소관이라고 해둡시다."

오필만이 한숨과 함께 답했다.

"제 명에 못 죽을 팔자구만. 쯧쯧!"

천호연이 혀를 찼다. 그리고는 새로운 붕대를 감았다.

"감사하오."

한층 더 나아진 기분과 함께 오필만은 고개를 숙였다.

"그런 인사는 필요 없으니 다신 다치지나 말게. 그리고 자네 누이가 자네를 좀 보자고 하니 같이 가봄세."

"필금이가 말입니까?"

오필만의 눈이 커졌다.

동생이 이곳으로 왔을 땐 거의 의식을 잃어 누구를 불러 만나고 할 상태가 아니었다. 그런데 자신을 보자고 했다면 자신이 이곳에서 두문불출한 열흘 동안 괄목할 만큼 회복되었다는 말이다.

"어서 가봄세."

천호연이 앞장섰고 오필만은 얼른 천호연을 따랐다.

"오라버니……."

"필금아… 너?"

동생을 본 오필만이 눈을 두 배로 크게 떴다.

혈색이 몰라보게 돌아와 있었다. 그리고 기침도 하지 않고 있었다.

"이게, 이게 어찌 된 일이냐?"

오필만이 동생에게 주춤거리며 다가갔다.

"피만… 안 토해도… 살 것 같아요. 콜록! 콜록!"

대화 끝에 기침을 했지만 예전처럼 오장육부를 다 토해내는 것 같은 발작적인 기침은 아니었다.

"의원님 대체 이게⋯⋯?"

오필만이 천호연을 쳐다보았다.

"왜? 마음에 안 드나?"

천호연이 빙그레 웃으며 말했다.

"그게 아니라⋯⋯."

천호연이 말을 잇지 못했다.

"자네⋯ 호남 땅에서 검 좀 휘둘렀다지?"

오필만의 대답을 듣지 않고 천호연이 말을 이었다.

"그럼 호남 땅에서 자네 서열이 어떻게 되나? 호남제일검
이었나?"

"⋯⋯."

"한참 못 미치지? 그러나 난 산동제일의라네. 자네와는 비
교가 안 되는 고수지. 그러니 이런 일도 가능하다네."

천호연이 더욱 진하게 웃었다.

"이젠 위험한 고비는 넘겼네. 앞으로는 본격적인 치유 단
계로 접어들 걸세."

"정말⋯ 정말 고맙습니다, 의원님!"

오필만의 목소리가 떨려나왔다.

"하지만 세상엔 공짜가 없다네."

잠시 오필만을 쳐다보던 천호연이 딱딱하게 말했다.

"뭘 원하십니까?"

오필만이 심호흡을 하며 물었다.

"자네 동생을 고쳐 주는 대가로 그 친구에게 자네 검을 팔았지?"

천호연이 오필만을 정시하며 물었다.

"그렇습니다."

오필만이 고개를 끄덕였다.

"그런데 말이야. 내가 고의로 자네 어깨를 남은 기간 안에 안 고치면 어떻게 되나?"

천호연의 얼굴에 짓궂은 미소가 어렸다.

"그래서 뭘 원하십니까?"

"원하면 목숨이라도 내어놓을 텐가?"

천호연의 질문에 오필만이 이글거리는 눈으로 천호연을 쳐다보았다.

"내어… 드리지요."

잠시 후 오필만이 고개를 끄덕였다.

"오라버니!"

오필금이 눈을 동그랗게 뜨며 목소리를 높였다.

"걱정 말게. 사람을 살리는 의원이 설마 생사람 목숨을 취할까."

오필금을 안심시킨 천호연이 말을 이었다.

"그 아이가 찾는 사람이 있네. 그 때문에 그 아이는 열네 살이 되던 해부터 죽도록 무공을 익혔고 지금까지 왔네."

천호연의 말을 들은 오필만이 자신도 모르게 눈살을 찌푸렸다.

열네 살부터 무공을 익힌 이한성이 지금 같은 고수가 되었단 말을 도저히 믿을 수 없었다.

그 나이면 근골이 굳어 상승무공을 익히기에는 불가능하다. 또한 지금 이한성의 나이가 스물 정도로 보이니 기껏해야 오 년 정도 수련을 했단 말이다.

그런데 어떻게 그런 정도가 가능하단 말인가?

오필만의 표정에 강한 부정의 기운이 어려갔다.

"물론, 그 아이는 보통 사람으로서는 상상도 못할 기연을 얻었네. 그래서 가능했지."

"아무리 그래도……."

오필만은 여전히 수긍하지 못했다.

평생 중원 곳곳을 떠돌며 셀 수 없이 많은 비무행을 한 자신이 그런 짧은 수련을 한 청년에게 패했다는 것은 절대로 인정하기 싫었다.

"또한 그의 사부는 일대종사에 가까운 고수라네."

천호연이 덧붙이자 오필만의 얼굴에 떠오른 거부감이 조금 옅어졌다.

그렇다면 조금 가능성이 있을 것도 같았다.

대결을 펼치는 중간에 느낀 이한성의 성정은 그야말로 철혈이었다.

그런 인간이 상상도 못할 기연과 함께 절대고수에게 사사

한다면 그럴 수도 있을 것 같았다.

그야말로 이야기책에서나 나오는 일이 벌어진 모양이란 생각이 들었다.

"자네가 믿든 안 믿든 사실이니 그 얘긴 그만하고… 그 아이가 찾는 사람들이 내가 찾는 사람들이기도 하다네. 그들 가족은 내 핏줄 같은 사람들이네."

천호연이 잠시 말을 멈추었다가 입을 열었다.

"그 아이가 그들을 찾는 일을 자네가 도와주게. 그때까지는 무조건 그 아이가 하자는 대로 하며 동행해 주게. 그들 가족을 찾으면 자넨 다시 생사혈검인지 생사람 잡는 검인지로 돌아가도 좋네. 물론, 자네 동생은 빠르면 반년, 늦어도 일 년 안에는 고쳐 놓지. 자네 같은 하수와 달리 산동제일고수인 나는 그 기간 안에 충분히 가능하다네. 어떤가, 목숨을 내어놓는 것보다 훨씬 쉽지?"

천호연이 자신의 조건을 말했다.

"하겠… 습니다."

오필만이 깊이 고개를 숙이며 답했다.

"그렇다면 성질부리지 말고 내가 하라는 대로 하며 몸부터 회복하게. 그 아이는 자기가 한 약속은 목에 칼이 들어와도 지키는 사람이지. 그래서 남들도 그렇게 해야 한다고 생각할지 모르네."

천호연의 표정이 엄해졌다.

"뭐든 시키는 대로 하겠습니다."

오필만이 다시 고개를 숙였다.

"그렇다면 그때까지는 자네 명치에 엉킨 그 옹졸한 복수심부터 풀어버리게. 그러면 회복이 배는 빨라질 걸세."

*　　　*　　　*

정호회 타격대가 장현방에게 점령당한 진성무관을 구하고 장현방 본거지마저 깨끗이 쓸어버렸다는 소식은 바람처럼 빠르게 퍼져 나갔다.

그 주축은 정주유검가와 소가장이었지만 그들은 엄연히 정호회 타격대의 이름으로 장현방을 쳤으니 정호회 타격대의 위상은 하루아침에 구름 위로 치솟았다.

선발대로 정호회 타격대에 가담한 사람들은 가만히 앉아서 영웅이 되었다. 그중에서도 이한성과 사진용 남매를 따라 장현방 토벌에 나섰던 소명윤과 소소미, 그리고 소가장 청년들의 명성은 더더욱 높아만 갔다.

정작 장현방 전투에서 방해만 되었지만 그들은 유병학 등과 함께 정주의 신진고수들로 인식되었다.

그중에서도 생사혈검을 스무 합을 넘기지 않고 꺾어버린 이한성의 명성은 무림신성으로 하루 종일 여러 사람의 입에 오르내렸다.

이한성은 장현방에서의 전투를 비롯해 모든 사실에 대해서 함구를 하도록 부탁했지만 생사혈검 오필만을 땅바닥에 뉘어놓은 장면을 직접 목격한 사람들의 입까지는 막을 수 없었다.

어쨌든 정호회 타격대의 소식은 날개를 달았고 정호회에 가입한 모든 문파에서는 급급히 인원을 조직하여 정호회 타격대가 있는 허창으로 보냈다.

그것은 그들 문파의 어른들이 결정한 것이 아니라 한시라도 빨리 타격대에 넣어달라는 청년들의 성화 때문이었다.

이미 허창에서의 전투는 끝이 났지만 정호회 타격대의 인원들은 하루가 다르게 늘어만 갔다.

"후후!"

사내들처럼 기둥에 비스듬히 몸을 기대고 선 목인화는 미소를 지었다.

늘어난 타격대원들 때문에 유병학과 소명윤이 눈코 뜰 새 없이 바쁘게 움직이고 있었다.

숙부 유세진이 타격대에 대한 업무는 유병학에게 지시했기에 유병학은 소명윤과 함께 계속해서 밀려오는 타격대 인원들의 접수와 숙소의 배정 등의 일을 처리하느라 비지땀을 흘리고 있었다.

그중에서도 새로 도착한 타격대원들이 하나같이 이한성을

찾는 바람에 일일이 그 대답을 하는데도 진이 빠졌다.

그러나 모든 타격대원의 관심이 집중된 이한성은 장현방을 쓸어버린 후 단 하루도 지체하지 않고 그날 바로 사진용, 사진혜와 함께 유검가로 떠났다.

며칠 다녀온다고 나간 후 벌써 보름이 다 되어가니 연화 대부인의 걱정이 태산 같을 것임을 짐작한 이한성은 더 이상 미루지 못하고 귀가를 한 것이다.

목인화는 이한성을 따라가고 싶은 마음이 간절했지만 사형제들을 동반하고 가는 길이니 보호자(?)를 자청하며 나설 수도 없었다.

"바람 같은 사람이야."

목인화는 혼잣소리로 중얼거렸다.

이제껏 한곳에 머무르지 못하고 바람처럼 휘도는 이한성을 보며 자연스럽게 떠오른 생각이었다.

겉모습은 언제나 고요한 호수 같은데 주변에는 항상 세찬 바람이 일었고 그 바람을 따라 같이 휘몰아쳤다.

유검가로 갔다 오면 또 어떤 바람을 몰고 올지 기대도 되었고 걱정도 되었다.

"그나저나 지연이 고 계집애 좋아죽겠네."

목인화의 눈꼬리가 치켜졌다.

"한데 암표범 한 마리가 동행하고 있으니 어찌 되려나?"

이번에는 목인화의 입꼬리가 위로 올라갔다.

*　　　*　　　*

"와! 이 집이 오라버니 가문이란 말이죠?"

유검가 정문 앞에 도착한 사진혜가 눈을 두 배로 크게 뜨며 탄성을 토했다.

혈혈단신으로 한조산을 따라왔던 이한성에게 가문이 있다는 것도 놀랄 일이었는데 그 가문이 정주에서는 제일가는 큰 가문이었다. 또 그곳을 직접 와서 보니 말이 나오지 않을 정도였다.

"정말 믿어지지 않는데요."

사진용도 이한성과 정주유검가 정문을 번갈아 쳐다보며 말했다.

고독의 대명사 같던 이한성에게 이런 큰 가문이 있다는 것은 정말 의외였던 것이다.

생사혈검 오필만에게 당한 후 자포자기 상태에까지 빠졌던 사진용은 자신을 그렇게 만든 원흉이나 마찬가지인 장현방을 쓸어버리고 난 후 서서히 예전으로 되돌아왔다.

이한성은 그런 두 남매를 이번 행차에도 동행시키며 경직되었던 마음을 완전히 풀어주고 있었다.

"들어가자!"

이한성은 문을 두드렸다.

잠시 후 문이 열리며 문지기 노인의 눈이 찢어져라 떠졌다. 이윽고 그의 눈에서 눈물이 흘러내렸다.

손 노인이라 불린 그는 환갑이 한참 넘은 나이로 어린 시절 유검가로 들어와 평생을 이곳에서 지낸 식구나 마찬가지인 사람이었다.

"아이고, 도련님! 대체 어디 갔다가 이제 오십니까? 도련님 기다리는 대부인 마님을 쳐다보느라 제가 다 피가 마를 지경이었습니다."

손 노인이 반쯤 울먹이다가 바람처럼 안으로 들어갔다.

안에서 유병인과 유병수가 달려나왔다.

뒤이어 정검가의 장남 정기문과 정지연도 바람처럼 달려왔다.

"기다리다가 눈 빠지는 줄 알았다."

유병인이 진이 다 빠지는 듯한 표정으로 말했다.

그 옆에 선 유병수와 정기문 남매도 긴 한숨을 내쉬었다.

그들 역시 한시도 마음을 놓지 못하고 노심초사하는 연화 대부인을 보며 손 노인 못지않게 애를 태웠던 것이다.

"예상치 못한 일이 생겨 늦었습니다."

이한성은 짤막하게 답했다.

"그래. 그건 모두 들어 잘 알고 있다. 그런데 같이 온 사람들은?"

"제 사제들입니다."

이한성이 사진용 남매를 쳐다보며 인사를 시켰다.

이한성의 사제란 말에 유병인과 정기문 남매는 눈을 동그랗게 뜨고 두 사람을 살폈다.

유한성 한 사람만으로도 천군만마와 같은데 동문수학한 사제들이 같이 왔다는 사실은 십만대군을 얻은 것 같았다.

"사진용입니다."

"사진혜라고 해요."

두 사람이 마중 나온 사람들에게 인사를 했다.

"험, 험! 실례했소. 유병인이오."

유병인과 유병수가 인사를 했고 다른 사람들도 모두 반갑게 사진용 남매를 맞았다.

"어서 들어가자. 중조할머님께서 쓰러지기 일보직전이다."

유병인은 이한성을 끌듯이 안으로 데리고 들어갔다.

근 보름 만에 돌아온 이한성을 보며 연화 대부인은 처음 보았을 때 못지않은 반응을 보였다.

"죄송합니다. 예상치 못한 일이 생겨 늦었습니다."

이한성이 고개를 조아렸다.

"아니다. 돌아왔으니 됐다. 사내가 가는 길에 그런 일도 생길 수 있는 법이지. 그걸 헤쳐 나가며 철혈의 무인이 되는 것이고."

감정을 추스른 연화 대부인은 젊은 시절 강호에 몸담았던 여인답게 강직한 모습을 보였다.

누구보다 강했던 막내 손자 유세연이었지만 강호로 나가 한 구의 시신으로 돌아오는 모습을 보고는 그 충격이 이한성에게까지 전이되었다. 그러나 이한성은 손자 유세연보다 훨씬 강하다는 것을 인식하고는 서서히 마음을 가다듬은 것이다.

"제 사제들입니다. 저 못지않은 고수들이기도 합니다."

이한성은 사진용 남매를 소개시켰다.

사진용 남매를 본 연화 대부인은 긴 한숨과 함께 더욱 마음을 놓았다.

기도를 안으로 갈무리한 이한성과 달리 그들 남매에게서는 보검의 날 같은 예기가 절로 느껴졌다.

그런 사제들이 같이 다닌다는 생각에 연화 대부인의 마음은 훨씬 더 가라앉았다. 또한 그것은 이한성이 그들 남매를 이곳까지 데리고 온 이유이기도 했다.

"잘 왔네. 내 증손자의 사제들이니 내 증손자와 같이 대하도록 하겠네."

연화 대부인은 사진용과 사진혜의 손을 차례로 어루만지며 말했다.

"그렇게 하십시오, 대부인 마님."

사진혜가 환하게 웃으며 답했다.

사진혜를 쳐다보는 연화 대부인의 눈이 깊어졌다.

혹시라도 이한성이 마음을 둔 여인이 아닌지 살피는 눈치였다.

그러나 그런 기색을 찾지 못한 연화 대부인은 속으로 한숨만 내쉬었다.

"너에게 꼭 할 말이 있구나."

한참 동안 사진혜의 손을 어루만지던 연화 대부인이 이한성을 보며 말했다.

"말씀하십시오."

이한성이 담담히 대꾸했다.

"너는 이제 우리 가문의 자손이다. 그건 하늘이 무너진다고 해도 변함이 없다. 그러니 이제 네 이름은 이한성이 아니라 내 손자 유세연의 아들 유한성이다. 가계보에도 이미 그렇게 올릴 것이다."

말을 하는 연화 대부인의 눈시울이 붉어졌다.

이한성은 잠시 아무런 대꾸 없이 허공을 응시하고 있었다.

연화 대부인, 아니, 증조모님의 말은 지극히 당연한 것이었다. 그렇지만 왠지 실감이 나지 않았다.

이한성에서 유한성으로 이름이 바뀐다고 해서 사람이 바뀌는 것도 아니다. 또한 자신의 정체성에 혼란이 올 일도 없다.

이한성은 어머니가 지어준 이름이다. 그리고 이 씨 성은 아마도 어머니의 성씨를 따른 것이 아닌가 하는 생각이 들었다.

그 어머니의 성씨를 떼어버린다는 생각에 잠시 망연한 생각이 들었다.

"네 어머니 역시, 내 손자 유세연의 아내로, 내 막내 손부로 가계보에 오를 것이다. 이름은 모른다고 했지만 네 예전 성씨로 미루어 이 씨가 맞겠지?"

이한성의 마음을 짐작했는지 연화 대부인이 덧붙였다.

"대답하거라. 그게 당연한 일이 아니냐."

태상가주 유현승이 무거운 음성으로 말했다.

"그렇게 하세요, 오라버니. 그게 당연한 것이 아닌가요."

사진혜도 옆에서 재촉했다.

'어머니……'

이한성은 속으로 어머니를 불렀다.

비록 살아서 성대한 혼례는 올리지 못했지만 죽어서나마 사랑했던 사람 가문의 어른들로부터 그 사람의 아내로 인정받았으니 행복해하실 것 같다는 생각도 들었다.

이한성은 애써 어머니의 웃는 모습을 떠올리려 했지만 이번에는 떠오르지 않았다. 버들가지처럼 하늘거리며 걷는 모습만 떠올랐다.

"알겠습니다, 중조모님. 앞으로는 유한성으로 살겠습니다."

이한성, 아니, 유한성이 고개를 끄덕였다.

"고맙구나, 내 새끼. 이제 당장 눈을 감아도 여한이 없구나. 내 새끼 세연아! 으흐흑!"

연화 대부인이 마침내 통곡성을 토했다.

태상가주 유현승과 가주 유세천이 얼른 그녀를 부축하며 진정시켰다.

"이젠 괜찮다. 그러니 그만들 하거라."

연화 대부인은 아들과 손자를 향해 손을 내저은 후 유한성을 쳐다보았다.

"고단할 텐데 사제들과 함께 쉬어라. 그리고 이제부터는 나갈 때는 나에게도 말을 하고 가거라."

유한성이 가주 유세천에게만 보고하고 나간 사실을 염두에 두고 한 말이었다.

"잘 알겠습니다."

유한성은 고개를 숙인 후 연화 대부인의 처소에서 벗어났다.

第五十七章

사족(蛇足)

연화 대부인으로부터 받은 푹 쉬라는 당부는 그리 오래가지 못했다.

　다음 날 아침을 먹고 숙소로 돌아와 사진용 남매와 함께 차를 마시고 있을 때 가주 유세천이 막냇동생 유세강과 함께 들어왔다.

　그들의 눈에 어린 결연한 기운을 읽은 유한성과 사진용 남매는 긴장한 표정으로 몸을 일으켰다.

　"앉거라."

　유세천이 담담한 음성으로 긴장을 누그러뜨렸다.

　결연한 표정에 비해 비교적 차분한 음성인지라 유한성과

사진용 남매는 천천히 긴장을 풀었다.

"내일 아침에나 찾아오려고 했는데 내 마음이 급해서 참지를 못하겠구나."

유세천이 운을 떼었다.

"그리고 지금 하는 얘기는 우리 가문의 속사정에 관한 것이네."

유세천은 사진용 남매를 보며 말했다.

"그럼 말씀들 나누십시오. 우리는 후원을 산책하고 있겠습니다."

유세천의 말에 사진용 남매는 고개를 끄덕이고 자리에서 일어났다.

"고맙네."

유세천은 밖으로 나가는 사진용 남매를 향해 사의를 표한 후 잠시 침묵을 지키다가 입을 열었다.

"나는 그동안 가문의 무공인 진혼사십팔검의 대성을 위해 각고의 노력을 기울였다. 하지만 타고난 자질이 일천하여 아직 구성에 머무르고 있구나."

유세천의 음성에 통한이 묻어났다.

"그것이 어디 형님 자질 문제겠습니까. 진혼사십팔검이 그만큼 무거운 검법이기 때문이지요. 구성으로도 정주에서 제일가는 실력이라는 것이 그것을 증명하지 않습니까."

유세강이 즉시 나서며 가주 유세천을 두둔했다.

유한성은 아무 내색도 하지 않고 듣기만 했다.

유씨 가문이 정주에서 제일가는 가문이라는 것은 자신도 알게 되었지만 독문검법이 어떤 수준인지는 알지 못했다.

그것에 대해 관심을 가질 여유도 없었고 그럴 생각도 없었던 것이다.

"네 아버지가 살아 있었다면 이십대 초반에 십성을 넘어서고 서른이 되기 전에 대성을 이루었을 것이다."

유세천의 목소리가 다시 통한에 잠겼다.

"네 아버지가 시신으로 돌아오며 가문의 숙원도 멀어져 갔지. 하지만 너를 보며, 세연이의 아들인 너를 통해 가문의 숙원을 다시 이룰 수 있겠다는 확신을 하게 되었다."

유세천이 강렬한 눈빛으로 유한성을 쳐다보았다.

유한성은 잠시 혼란스런 기분이 들었다.

아무리 핏줄이라 하지만 익힌 무공은 완전히 달랐다. 그러기에 자신이 지금부터 진혼사십팔검을 죽도록 익힌다 하더라도 사십이 되기 전에는 힘들 것이다.

마라십이검은 아무것도 익히지 않은 백지 상태에서 시작했기에 그것이 가능했다. 그러나 이미 마라십이검에 철저히 동화된 지금 상태에서 완전히 색다른 무공을 익히는 것은 몇 배로 힘이 들것이 자명했다.

"널 보고 가문의 검법을 익히라는 것이 아니다."

유한성의 표정에서 내심을 읽었는지 유세강이 희미한 미

소와 함께 말했다.

"일전에 복면을 쓴 괴한들을 상대하던 너의 검법은 우리 가문의 독문무공보다는 한참 더 높은 경지의 상승무공임을 느꼈다."

가주 유세천이 침을 삼킨 후 말을 이었다.

"그런 무공을 익힌 너라면 가문 무공의 장단점을 정확히 파악하여 십성을 이루고, 대성을 이루게 이끌어줄 수 있으리라 확신한다."

유세천의 설명이 끝났을 때 유한성은 그가 무얼 원하는지 짐작할 수 있었다.

하지만 그게 가능할까?

유한성은 스스로 자문해 보았다.

마라십이검이 초상승검법이라는 말에는 이의가 없다. 그러나 자신이 그걸 익혔다고 해서 유검가의 독문검법까지 내려다보며 십성을 넘어 대성에 이르기까지 이끌 수 있으리란 보장은 없다.

자신은 운 좋게 극강의 고수를 만나 상승검법을 익혔지만 아직 햇병아리에 불과하다.

자신은 그야말로 마라십이검 한 가지밖에 모른다.

자신의 무공 외 다른 무공을 보는 눈도, 경험도 일천하다.

물론, 다른 무공을 쓰는 무인들과 대결에서 절대로 지고 싶지 않은 자신감은 있었다.

하지만 그것으로 유씨세가의 독문무공인 진혼사십팔검을 꿰뚫어볼 수 있을까?

진혼사십팔검을 익힌 가주, 아니, 백부 유세천을 이길 수는 있어도 무엇을 지적하고 이끌 자신은 없었다.

"전 그럴 만한 실력이 되지 못합니다."

유한성은 자신의 솔직한 심정을 말했다.

"아니다. 넌 아직 경험이 부족해 그런 생각을 할지 모르겠지만 너의 검법을 본 나나 네 작은 숙부는 충분히 가능하리라 확신하고 있다."

유세천이 확고한 음성으로 말했다.

유세강 역시 갈망 가득한 눈으로 유한성을 쳐다보았다.

그들의 눈빛에서 유한성은 더 이상 거절할 수 없다는 것을 느꼈다.

"알겠습니다. 자신은 없지만 시도는 해보도록 하지요."

유한성은 고개를 끄덕였다.

잠시 후, 세 사람은 유검가의 지하 석실에 도착했다.

그곳은 유사시에 가족들을 피신시킬 비밀 장소 겸, 비밀 수련실이기도 했다.

그곳에서 가주 유세천은 가문의 독문검법을 익히느라 몇 달 동안 두문불출하기도 했고, 유한성의 부친 유세연은 아예 삼 년도 넘는 기간 동안 이곳에서 폐관수련을 했다.

유사시 가족들 전부를 피신시킬 장소였기에 연무장만큼 넓었다. 그래서 비무를 하거나 검법을 펼치기에는 조금도 부족함이 없었다.

잠시 감회 어린 눈으로 석실 안을 둘러보던 유세천은 천천히 검을 잡았다.

"서로의 능력을 가장 확실히 느낄 수 있는 방법으로는 검을 맞대는 것만 한 것이 없겠지?"

유세천은 강렬해진 눈과 함께 검을 뽑았다.

스르릉—

유세천의 검이 시린 검명을 토했다.

잠시 망설이던 유한성도 적운검을 뽑았다.

적운검에서는 아무런 소리도 흘러나오지 않았다.

마치 허공에서 뽑혀 나오는 것 같았다.

그것만으로도 유한성의 공부가 얼마나 깊은지 짐작이 갔다.

유세천과 유세강의 눈이 더욱 깊어졌다.

단순히 검을 뽑는 동작만으로도 유한성이 절대로 자신들을 실망시키지 않을 것임을 느낀 것이다.

유한성은 길게 호흡을 이끌며 마음을 가다듬었다.

백부인 유세천과 검을 맞댄다는 것이 무척이나 부담스러웠지만 지금 이 순간은 그런 예의를 따지는 자리가 아니었다.

더 높은 성취를 갈망하는 열망 가득한 무인으로서 맞선 자리였다.

"최선을 다하거라."

유세천이 짤막하게 말했다.

"그러겠습니다."

유한성이 고개를 끄덕였다.

파앗—

유세천이 발끝으로 땅을 박차며 먼저 공격을 하고 들어왔다. 자신이 하수임이 분명하니 선공을 한 것이다.

쐐애애액—

허공을 가로지르는 유세천의 검에서 살갗을 찢을 듯한 검풍이 터져 나왔다.

단순하게 좌에서 우로 휘두르는 검에서 그런 경풍이 흘러 나온다는 것은 진혼사십팔검이 얼마나 무거운 검법인지 짐작케 해주었다.

검을 비스듬히 내리고 있던 유한성도 쾌속하게 검을 쳐올렸다.

순간 유세천의 검이 방향을 바꾸며 더욱 강력하게 유한성의 가슴으로 짓쳐들었다.

작은 개울물이 갑자기 대하를 타고 흐르는 홍수처럼 변하는 느낌을 주는 검초였다.

불끈 내력을 끌어올린 유한성은 가슴으로 파고드는 유세천의 검을 쳐 냈다.

까앙―

폭음에 가까운 굉음이 일며 두 자루의 검이 뒤로 튕겼다. 아니, 그렇게 느껴졌다.

수유의 순간 뒤로 튕겨나는 것 같은 유세천의 검이 방향을 바꾸며 다시 유한성을 향해 쇄도해 들었다.

바위처럼 무거운 내력이 실린 중검이 어느새 환검이 되어 목을 노리고 있었다.

유한성은 쾌속하게 상체를 틀었다. 그리고는 마라십이검의 제일초식 검로여의(劍路如意)를 펼쳤다.

쉬이이잉―

무거운 검명과 함께 유한성의 검이 어지럽게 흔들리며 구름을 가두듯 유세천의 검을 가두어왔다.

유세천이 쾌속하게 검초를 바꾸며 무겁게 짓눌러오는 유한성의 검을 쳐 나갔다.

까까까깡―

불똥이 튀며 연속적인 쇳소리가 온 수련실 안을 가득 채웠다.

'으음!'

유세천의 눈꼬리가 미세하게 떨렸다.

마주치는 검에서 느껴지는 충격이 엄청났기 때문이다.

진혼사십팔검도 그 어느 검법보다 무거운 중검이었는데 유한성이 펼친 검초를 뚫기에는 역부족을 느꼈다. 유한성이 같은 중검으로 마주친 때문이기도 했지만 그보다는 유한성의 내력이 유세천보다 높았기 때문이었다.

"다시 공격하마."

잠시 호흡을 고른 유세천은 검을 잡은 손에 힘을 주었다. 유한성의 검에서 쏟아지는 막강한 내력을 감당하기 위해서였다.

반면 유한성은 오히려 손에 내력을 줄였다.

지금은 상대를 제압하는 공격이 아닌, 비무를 통해 검초의 약점을 찾고 성취에 도움을 주기 위한 순간이니 내력으로 상대를 압도할 필요가 없었다. 백부 유세천이 끌어올린 내력만큼만 사용하는 것이 제일 나았다.

유한성이 내력을 줄이고 상대를 하자 유세천의 공세는 더욱 날카로워졌다.

쉬쉬쉬썽─

유체천의 검이 바람처럼 날아들었다.

아까보다 훨씬 더 유려한 초식이었다. 그러면서도 그 안에 실린 무거움은 바위라도 가를 듯 강맹했다.

따다다당땅!

유한성은 계속해서 수비식을 펼치며 유세천의 검을 막았다.

유세천의 검초가 다시 바뀌며 연속적으로 진혼사십팔검의 초식을 펼쳤다.

유한성은 피치 못할 상황이 아니면 되도록 공격을 자제하며 유세천이 펼치는 검법을 분석하려 애를 썼다.

순식간에 전반부 이십사식이 끝났다.

유한성은 진혼사십팔검의 전반부 초식에서는 아무런 위화감을 느끼지 못했다.

강맹하면서도 유려한 검초였다.

대성을 한다면 중원에서 손꼽히는 검법이 될 수 있을 것 같았다.

그런데 아직 단 한 사람도 대성을 하지 못했다고 했다. 또한 가문 역사상 십성을 이룬 사람도 두 명밖에 나오지 않았다고 했다. 그렇다면 분명 성취를 가로막는 무언가 있을 것이지만 아무것도 느끼지 못했다.

그건 전반부에는 문제가 없다는 말일 수도 있었고 유한성이 그걸 파악할 능력이 없어서 그럴 수도 있었다.

어쨌든 후반부가 기다려졌다.

"이제부터는 후반부를 펼치겠다. 후반부는 전반부에 비해 몇 배는 더 위력적이니 조심하거라."

제대로 대결을 벌인다면 자신이 더 조심을 해야겠지만 유한성은 되도록 수비 위주로 대응하는 상황인지라 유세천은 그렇게 당부했다.

"잘 알겠습니다."

유한성은 검을 비스듬히 내렸다.

마라십이검의 기수식이었다.

여전히 수비식 위주로 펼치겠지만 지금보다는 공격에 더 많이 치중해야 할지 몰랐다.

쉬이익—

유세천이 검을 휘둘러 왔다.

그의 말대로 전반부보다는 몇 배로 강맹하고 무거운 검식이었다.

파파팟!

유한성도 **빠르게** 검을 휘둘렀다.

까강!

깡!

두 자루의 검에서 연신 불꽃이 튀었다.

쉬익—

수비식만 펼치던 유한성이 갑자기 검초를 바꾸며 공격을 해 나갔다.

돌변한 유한성의 움직임에 유세천이 대경하며 검초를 바꾸었다.

따다당—

다시 날카로운 검명이 울렸다.

유세천의 검이 몇 번이나 뒤로 튕겼다.

어느 순간 유한성이 뒤로 물러섰다.

"조금 전 초식을 다시 펼쳐 주십시오."

유한성이 가라앉은 눈빛으로 요구했다.

그 눈을 본 유세천과 유세강의 얼굴에 기대감이 가득했다.

"그렇게… 하마."

유세천이 고조된 표정으로 고개를 끄덕인 후 기수식을 취했다.

옆에서 말없이 지켜보던 유세강의 얼굴에도 긴장감이 번져 갔다.

조금 전 유한성이 갑자기 공격을 해 나가자 유세천이 속절없이 밀렸다.

이제껏 유세천은 누구와 대결해도 그렇게 속절없이 밀리지는 않았다. 만약 그게 생사를 건 대결이었다면 큰 낭패를 당할 터였다. 또한 그런 상황이 벌어졌다는 것은 유한성이 유세천의 검초에서 무언가 허점을 발견했다는 것일 수도 있었다.

"엇!"

유세강이 경호성을 토했다.

공격하려는 순간 갑자기 유한성이 눈을 감았기 때문이다.

"무슨 짓이냐?"

유세천도 의구심 가득한 음성으로 물었다.

유한성이 아무리 상승무공을 익혔다 하더라도 자신 역시 진혼사십팔검을 구성까지 익힌 사람이다.

"절 직접 공격하지 말고 한 발 앞에서 아까 펼쳤던 후반부

검식을 다시 펼쳐 주십시오.”

유한성이 담담히 말했다.

굳은 표정으로 유한성을 쳐다보던 유세천이 긴장을 풀었
다.

무슨 생각으로 눈을 감았는지 몰라도 직접 공격을 하는 것
이 아니니 안전을 걱정 필요는 없었다.

“시작하마!”

유세천이 주의를 환기시키며 검을 휘둘렀다.

유한성은 여전히 눈을 감은 채 꼼짝도 하지 않고 서 있었
다.

쉬이익—

쉬익!

유세천의 검이 유한성의 한 발짝 앞에서 날카로운 파공음
을 토했다.

검에서 피어나오는 기파만으로도 유한성의 머리카락이 몇
가닥씩 잘려 나가고 피부마저 찢어질 듯 따끔거렸다.

그러던 어느 순간 유한성이 유세천의 검로 속으로 불쑥 검
을 찔러 넣었다.

“헛!”

자신도 모르게 유세천이 경호성을 토했다.

면면부절하던 진혼사십팔검의 검로가 뚝 끊어지며 검이
어지럽게 궤적을 벗어났다.

그리고는 뒤틀린 진기가 역류했다.

"큭!"

유세천이 짧은 비명을 토하며 뒤로 물러났다.

그의 입에서 선혈 한 가닥이 흘렀다.

단지 유한성의 검이 검로 중간으로 불쑥 찔러드는 것만으로 내상을 입은 것이다.

"형님!"

유세강이 놀란 음성과 함께 달려왔다.

달려오던 유세강이 우뚝 걸음을 멈추었다.

유세천이 손을 내밀어 완강히 자신의 접근을 거부하고 있었기 때문이다.

유세강은 굳은 표정으로 유세천의 표정을 살폈다.

내상을 입었지만 유세천의 얼굴에는 삼매에 빠진 듯한 감흥 한 가닥이 피어오르고 있었다.

"다시 해보겠느냐?"

유세천이 떨리는 음성으로 말했다.

유한성은 고개를 끄덕였다.

쉐애애액—

유세천이 검을 휘두르며 방금 끊어졌던 이후부터 초식을 펼쳤다.

유한성은 여전히 눈을 감은 채 미동도 않고 있었다.

눈을 감자 유세천의 움직임이 붉은 열감으로 관조되었다.

그리고 정수리에 조금 더 신경을 집중하자 그의 몸 안을 흐르는 호흡의 기운이 하얀 구름처럼 훤히 드러났다. 그리고 그 기운은 검으로 흘러들어 화려한 기화(氣花)를 피워 올리고 있었다.

진혼사십팔검은 유(柔)와 강(强)이 빠르게 교차하며 공수(攻守)의 조화가 극에 이르는 검법이라는 느낌이 들었다. 그런 유와 강이 쉼없이 교차함에 따라 두터운 진기가 흘러들고 난마처럼 얽혀가기 시작했다.

사부의 목소리가 유한성의 뇌리에 떠올랐다.

"복잡한 것일수록 단순하게 잘라 버려라."

파앗—

어느 순간, 유한성의 검이 다시 유세천의 검로 속으로 찔러 들었다.

엉킨 실타래처럼 복잡한 기운이 뒤섞인 곳!

유한성의 검은 본능적으로 그곳을 잘라 버렸다.

이제껏 경험에서 진기가 끊어진 곳이 바로 투로의 약점이었다.

음풍장에서 사부로부터 배우며 절실히 느꼈고, 사진용과 사진혜와의 비무와 그곳 살수들과의 비무에서 절실하게 느꼈다.

하지만 너무 많이 뭉쳐 있는 곳 또한 끊어진 곳 못지않은 약점일 수 있었다.

유세천이 검초를 펼쳐내는 순간 그의 몸에 흐르는 기운에는 그런 것이 느껴졌다.

유한성은 그곳을 잘라 버렸다.

"크윽!"

유세천이 다시 비명을 토하며 입으로 선혈을 뿌렸다.

두 번째 내상이었다.

그리고 그 내상은 아까보다 더 컸다.

다시 유세강이 달려오려고 했지만 유세천은 여전히 철벽처럼 손을 들어 제지했다.

거듭된 내상으로 얼굴은 창백했지만 그 얼굴에는 더욱 진한 감흥이 떠올랐다.

"다시!"

옷소매로 입술을 훔친 유세천이 더욱 세차게 검을 휘둘렀다.

그리고 잠시 후 유세천은 다시 선혈을 토했다.

이번에는 그 양이 훨씬 많아 한 사발은 될 것 같았다.

"형님!"

유세강이 고함을 질렀다.

내상 역시 만만치 않은지 유세천은 신형을 비틀거리기까지 했다. 그러나 그의 얼굴에 떠오른 감흥은 광소를 터뜨리기

일보직전이었다.

"다시!"

비틀거리는 신형을 추스른 유세천은 검을 들어 올렸다.

유한성은 고개를 끄덕였다.

내상은 오늘 밤에라도 운기조식으로 다스리면 되지만 어느 한순간 섬광처럼 뇌리를 꿰뚫는 깨달음은 그때 놓치면 몇 달, 몇 년이 더 지난 후 다시 찾아올지 장담할 수 없다.

쉬이이익—

유세천의 검에서 바위라도 날려 버릴 듯한 검풍이 밀려들었다.

후반 이십사식 중 가장 강력한 파괴력을 내포한 검초였다.

너무 무거워 숨을 쉴 수 없을 정도였다.

그러나 유한성은 미동도 않고 검을 비스듬히 내리고 있었다.

파앗!

유한성의 검이 허공을 갈랐다.

쨍—

이번에는 검로를 자른 것이 아니라 검을 직접 잘랐다.

쨍강!

유세천의 검이 잘려 나가며 바닥을 굴렀다.

"쿨럭!"

유세천이 바닥에 무릎을 꿇으며 폭포수 같은 선혈을 토했다.

"형님!"

비로소 유세강이 달려와 유세천을 안아 들었다.

유세천의 얼굴이 백지처럼 창백하게 탈색되었다.

"괜찮습니까, 형님?"

유세강이 유세천의 가슴 혈을 점하기 위해 손가락을 세웠다.

"그만두십시오."

유한성이 유세강의 손을 잡았다.

"무슨 짓이냐?"

유세강이 눈을 부릅떴다.

"죽은피나 마찬가지인 피입니다."

"뭐라?"

"토해내고 나면 몸이 가벼워질 것입니다."

유한성은 여전히 눈을 감고 유세천의 호흡을 읽었다.

몸 몇 곳에 강하게 뭉쳤던 호흡이 풀리고 있었다.

그것들은 난마처럼 엉킨 검로와 일맥상통하는 기운이었다. 그것들이 부드럽게 풀려나면 유세천의 검초도 훨씬 더 부드러워질 것이다.

유한성의 말에 유세강은 반신반의하며 유한성과 유세천을 번갈아 쳐다보았다.

"쿨럭! 쿨럭!"

유세천이 몇 번 더 기침을 하며 선혈을 토해냈다.

"이젠 됐습니다."

유한성은 얼른 타혈술을 펼쳤다.

유세천의 혈색이 빠르게 돌아왔다. 그리고 그의 얼굴에 피어오른 미소가 더욱 짙어졌다.

"사십팔식은 너무 많은 것 같습니다."

유한성이 조용한 음성으로 말했다.

돈오(頓悟)의 순간처럼 뇌리를 꿰뚫는 깨달음에 유세천은 불화살에라도 맞은 것처럼 전신을 부르르 떨었다.

너무 무거운 검법이기에 지나치게 세세하게 풀어놓았다. 그것이 오랜 세월 그렇게 전해 내려오다 보니 정형화되어 사족으로 자라났다.

사족이 달린 뱀은 완전한 뱀일 수가 없다.

이젠 사족을 잘라야 할 때였다.

유한성이 비무 중간에 불쑥불쑥 검을 찔러 넣은 곳은 초와 식이 중첩되어 뭉쳐진, 그래서 진기의 흐름마저 엉킨 사족과 같은 곳이었다.

유한성이 어떻게 그런 곳을 그렇게 정확히 집어냈는지 유세천으로서는 도저히 알 수가 없었다. 수십 년을 익히고, 뻔히 눈을 뜨고도 찾아내지 못했던 곳을 유한성은 눈을 감고도 찾아냈다.

'이것이 초상승무공의 능력인가?'

유세천은 속으로 탄성을 토했다.

아무래도 좋았다.

그것으로 인해 이젠 사족을 잘라 버릴 수 있을 것 같았다.

유세천의 의식이 폭발을 일으키며 질주했다.

그의 성취 또한 십성의 문턱을 향해 질주하고 있었다.

"우하하하!"

잠시 후 유세천의 입에서 미친 듯한 광소가 터져 나왔다.

하지만 유세천은 그것도 못 느끼는지 여전히 눈을 감고 삼매에 빠져들고 있었다.

유세천의 운기조식은 그날 저녁이 되어도 끝나지 않았다.

석상처럼 앉아 있었지만 내부에서는 치열한 투쟁을 벌이고 있을 것이다.

깨달음을 얻고 그 오의를 되새김질하는 열락의 순간은 스스로 느끼기에는 수유의 순간 같지만 며칠이 지났을 수도 있었다.

반대로 며칠이 지난 것 같았는데 실제로는 수유의 순간일 수도 있었다.

유세천은 지금 그런 순간에 빠져들어 있었다.

"정말 고맙구나."

유세강이 유한성의 어깨를 두드리며 말했다.

두 사람이 비무를 펼치는 모든 과정을 다 지켜본 그는 유한성이 어떤 방식으로 그렇게 했는지는 몰라도 비무 과정에서 유세천이 큰 깨달음을 얻었다는 것은 확신할 수 있었다.

아마 삼매에서 깨어나면 십성을 뛰어넘어 있을 것이다.

더 나아가 대성을 바라볼지도…….

가주 유세천이 가문의 숙원인 대성을 이룬다면?

그리고 그 심득을 후세에 길이길이 전한다면?

정주유검가는 정주를 벗어나 하남성으로, 더 나아가 전 중원으로 뻗어 나갈 것이다.

유세강의 가슴이 세차게 뛰었다.

그 진동과 비슷한 빠르기로 뛰어오는 발소리가 들렸다.

"숙부님!"

허창의 진성무관에 나가 있는 유세진의 아들 유병수가 긴장된 표정으로 뛰어들었다.

"무슨 일이냐?"

유세강이 아직도 흥분을 억누르지 못한 표정으로 물었다.

"진성무관에서 전서구가 날아왔습니다."

유병수가 숨을 몰아쉬며 말했다.

전서구는 비상시에만 보내기로 되어 있었기에 긴장을 한 것이다.

"전서구?"

유세강의 표정도 굳어졌다.

"어서 해독해 보아라!"

유세강이 지시하자 유병수가 들고 온 책을 펼쳐 해독했다.

"이건 천호연이란 사람으로부터 한성이에게 온 것입니다."

유병수가 긴장을 풀며 뜻밖이란 표정으로 말했다.

유세강과 유한성이 얼른 해독한 내용을 읽었다.

하유걸로부터 연락이 왔네. 급히 이곳으로 오기 바라네. ─천호연.

해독한 내용은 그것이었다.

유한성은 빼앗듯이 쪽지를 받아 들고 다시 읽었다.

하유걸!

그 이름을 다시 읽은 유한성의 가슴이 두방망이질 쳤다.

개방을 통한 표식을 그가 본 것이다. 그리고 연락을 취해온 것이 틀림없다.

"가봐야겠습니다!"

유한성이 얼른 검을 챙겼다.

"대체 무슨 일이기에……."

유세강은 어안이 벙벙한 표정으로 유한성을 쳐다보았다.

가주 유세천에게만 보고하고 훌쩍 떠나 근 보름 만에 귀가했는데 오자마자 하룻밤도 묵지 않고 다시 떠나려 하는 유한성을 보며 기가 막힌 심정이 되었다.

단 하루라도 더 머물며 증조할머니의 마음을 풀어주고, 큰

깨달음을 얻은 유세천의 수련을 도와주었으면 하는 바람이
간절했다.

그러나 유한성의 표정을 보니 그것은 절대로 불가능할 것
같았다.

지금 유한성의 얼굴에는 앞을 막는 것은 모두 베고라도 지
나갈 것 같은 단호함이 어려 있었다.

"떠나더라도 할머님께 말씀드리고 떠나거라."

유세강이 한숨과 함께 말했다.

"알겠습니다."

유한성이 고개를 숙이고는 연화 대부인의 처소로 향했다.

구조신호(救助信號)

第五十八章

와장창!

실내에 있는 탁자가 박살이 나며 허공으로 떠올랐다.

콰앙—

다시 의자 하나가 허공을 날아가 벽에 처박혔다.

산산조각 난 의자의 파편들과 벽에서 터져 나온 흙먼지들
이 허공을 부유했다.

"망할!"

날카로운 눈초리의 중년 사내 하나가 집 안 곳곳을 둘러보
며 고함을 질렀다.

그러나 집 안에는 쥐새끼 한 마리 보이지 않았다.

썰렁한 기운으로 보아 벌써 며칠 전에 빈집이 된 것 같았다.

꼭 필요한 것만 챙겨서 떠난 듯 웬만한 살림살이는 그대로 있었다. 비록 버리고 떠난 것들이지만 잘 정돈되어 있었다.

그것으로 보아 집주인의 정갈한 성격을 짐작할 수 있었다.

그러나 사내는 집주인의 그런 성격을 칭찬해 주고 싶은 마음이 전혀 없었다.

그는 집주인 자체를 만나고 싶었다.

아니, 기필코 잡기 위해 천 리 길을 달려왔다.

그런데 한발 늦은 것이다.

"아무도 없는 것이 확실합니다."

사내 하나가 아무런 기척도 없이 유령처럼 솟아나며 보고를 했다.

절정의 신법을 구사한 때문이었다.

"그건 보고 안 해도 안다. 놈들의 흔적을 찾아."

날카로운 눈매의 중년 사내가 맹수가 으르렁거리듯 낮게 말했다.

"이미 인근을 샅샅이 뒤지고 있습니다. 반 시진 후면 모든 정황들을 파악해 올 것입니다."

사내는 말과 함께 바람처럼 사라졌다.

"만만치 않은 놈이군."

혼자 남은 중년 사내가 조용히 중얼거렸다. 그 목소리에는 잠시 동안 들끓었던 감정의 찌꺼기가 조금도 느껴지지 않았다.

사내는 극히 짧은 순간 자신의 감정을 조절하고 얼음처럼 차갑게 가라앉아 있었다.

사내는 최근 동창의 아홉 번째 당두가 된 양명호였다.

그는 형님 양신호의 복수를 위해 청해마검 한조산의 흔적을 끈질기게 추적 중이었다.

그런 과정에서 예전에 끈이 닿았던 산동성의 살수조직 살막과 은하전장의 흔적을 쫓았다.

살막은 이제 완전히 끈이 끊어져 찾기 힘들었다.

대신 은하전장의 흔적은 자설련 뿌리라는 실마리와 연결되어 있었다.

그 실마리를 따라 이곳까지 추적을 해온 것이다.

그러나 이곳은 여러 날 전에 비어 있었다.

은하전장주 하유걸은 무언가 낌새를 채고 한발 앞서 떠난 것이다.

"정말 여우 같은 놈이야!"

양명호는 고개를 저었다.

이곳을 추적하는데도 무진 애를 먹었다.

산동성 끝자락 어느 벽촌에서 자설련 뿌리를 소비하는 곳이 있다는 정보에 곧 놈을 잡을 수 있을 줄 알았다.

그런 생각과 함께 급히 찾아왔지만 놈은 한곳에서만 자설런 뿌리를 구하지 않았다.

　인근 백 리의 의가를 돌아다니며 조금씩 구해갔다.

　그러다 보니 추적 범위가 예상보다 몇 배는 넓어졌다.

　며칠을 더 허비한 끝에 결국 이곳을 찾았지만 집은 텅 비어 있었다.

　"어떻게 눈치를 챈 것일까?"

　양명호는 눈을 가늘게 떴다.

　놈은 자신이 쫓고 있다는 사실은 꿈에도 모를 것이라 생각했다. 그런데도 급히 떠나 버렸다.

　"후우—"

　양명호는 최대한 길게 숨을 몰아쉬었다.

　의지를 다질 때 하는 특유의 행동이었다.

　그렇게 길게 숨을 내쉬고 나면 지난 실패의 분노는 사라지고 새로운 독기가 가슴에 가득 차는 것이다.

　"어디 얼마나 가는지 두고 보마."

　양명호는 서재로 들어섰다.

　서재에는 의학에 관한 책들이 빼곡히 들어차 있었다.

　딸의 병을 직접 치료하기 위해 많은 공부를 한 모양이었다.

　탁!

　책을 덮은 양명호는 책장 옆에 있는 서랍장의 서랍들을 하나씩 열었다.

　세 번째 서랍을 열자 그곳에서 몇 조각의 약재 부스러기가 발견되었다.

그것은 자설련 뿌리 조각이었다.

양명호는 품에 손을 넣어 주머니 하나를 꺼냈다. 그리고 그 속에서 내용물을 몇 조각 집어냈다.

그것은 양명호가 미리 준비해 온 자설련 뿌리였다.

서랍에서 발견한 약초 부스러기와 색감이 똑같았다.

"오랜만에 향을 음미해 볼까?"

양명호는 주머니에서 꺼낸 자설련 뿌리를 탁자 위에 있는 주담자에 넣었다.

주담자 아랫부분에 손을 댄 양명호는 내력을 끌어올렸다.

우우웅—

진동음이 일며 잠시 후에 주담자에서 김이 피어올랐다.

"역시 끓일수록 냄새가 강하군!"

찻잔을 들어 향을 음미한 양명호는 한 모금 들이켰다.

"퉤!"

잠시 후 양명호는 찻물을 뱉어냈다.

냄새도 강했지만 맛 역시 소태보다 더 썼다.

양명호는 주담자에 든 자설련의 뿌리를 끄집어내어 냄새를 맡았다.

특유의 냄새가 후각을 자극했다.

"이걸 하루도 빠지지 않고 달여 먹었다면 그놈 딸의 몸에서도 이런 냄새가 풍기겠지?"

양명호의 입가에 차가운 미소가 어렸다.

말린 자설련 뿌리 몇 조각을 종이에 싸 품에 넣은 양명호는 의자에 앉아 부하들을 기다렸다.

자신이 거느린 번역들 중 가장 민첩한 놈들만 골라왔으니 무언가 물어올 것이다. 그것을 토대로 다시 추적을 벌여야 한다.

양명호의 머리가 빠르게 회전했다.

"용모파기로 주변 사람들에 확인한 결과 이곳에 살던 사람은 하유걸이 확실합니다. 부인과 세 아들과 함께 이 집에 살았다고 합니다. 딸은 보지 못했다고 했습니다."

바람처럼 밖으로 나갔다 온 부하들이 보고를 했다.

"최근 열흘 동안 본 사람이 없는 것으로 보아 떠난 지 최소 열흘은 지난 것 같습니다."

다른 부하 하나도 보고를 했지만 양명호의 시선은 뒤에 선 부하들에게로 향했다.

앞에 선 부하들의 보고는 큰 도움이 되지 않았기 때문이다.

"떠나기 전 며칠 동안 하유걸은 인근의 하오문을 찾았다고 했습니다."

뒤에 선 부하의 보고에 양명호가 눈을 번득였다.

"계속해."

양명호가 고개를 끄덕였다.

"하오문 놈들을 족쳐 본 결과 하유걸은 산동제일의 천호연의 행방을 알아봐 달라고 했답니다."

"산동제일의?"

양명호의 눈이 가늘어졌다.

딸이 중병이니 의원이 필요했을 것이다. 또한 그를 찾아간 것일지도 몰랐다.

"그래서?"

"하오문 놈들은 산동제일의 천호연이 하남성 허창, 진성무관에 있다는 정보를 넘겨주었다고 했습니다. 필시 그곳으로 향했다고 생각됩니다."

사내가 보고했다.

그는 송윤무(宋閏舞)라는 번역으로 이곳에 온 사람 중 비교적 젊은 편에 속했지만 눈빛이 강렬했다.

"그렇다면 예상 경로는?"

양명호가 송윤무에게 물었다.

송윤무가 품에서 두루마리를 꺼냈다.

그렇게 크지는 않았지만 산동성의 지형은 그런대로 상세히 그려져 있었다.

다른 번역들은 송윤무가 언제 그런 것까지 준비했는지 혀를 내둘렀다.

송윤무가 탁자 위에 지도를 펼치고는 가장자리 네 곳에 찻잔을 올려놓았다.

"딸이 중병을 앓고 있다고 했으니 마차로 이동할 것이 분명합니다. 이곳에서 하남성 허창까지 마차로 이동할 수 있는 경로는 대략 다섯 곳이 있는데, 이곳과 이곳 두 곳은 시간이 두 배로 많이 걸려 제외할 것 같습니다."

고개를 든 송윤무가 지도를 짚으며 말했다.

"그럼 세 가지 경로가 남는군. 자네 예상으로는 어디로 갈 것 같나?"

양명호가 고개를 끄덕이며 물었다.

"최대한 빠른 길은 이곳인데… 환자가 있는 상황을 감안한다면 길이 너무 험합니다. 그리고 남은 두 길은 우열을 가리기 힘듭니다."

송윤무가 눈을 가늘게 뜨며 답했다.

"자네라면 그 둘 중에서도 어느 길을 택할 것 같나?"

양명호는 마지막 한 곳까지도 송윤무에게 찾아내게 했다.

한동안 눈을 감고 침묵을 지키던 송윤무는 마침내 한 곳을 가리켰다.

"이유는?"

양명호가 날카로운 눈으로 물었다.

"그건 당두님 의견과 일치할 것 같습니다."

"내 의견이라……."

양명호의 눈에 이채가 떠올랐다.

"내 의견이 무언지 자네가 어떻게 안단 말인가?"

잠시 후 양명호가 입꼬리에 흐릿한 미소를 매달고 물었다.

그러나 송윤무는 아무 대답도 하지 않았다.

"좋아. 손바닥에 써서 동시에 확인하지."

양명호는 붓으로 자신의 손바닥에 무엇인가를 쓴 후 송윤무에게 넘겼다.

붓을 건네 받은 송윤무도 손바닥에 무언가를 썼다.

두 사람은 동시에 손바닥을 펼쳤다.

의가(醫家).

두 사람의 손바닥에는 같은 두 글자가 써 있었다.

"후후!"

양명호가 만족한 웃음을 흘렸다. 그리고는 손바닥을 들어 올려 다른 번역들에게도 보이게 했다.

"이 글자의 의미를 알 수 있는 사람은 말하라!"

양명호가 부하들을 둘러보았지만 아무도 나서는 사람이 없었다.

"자네가 설명하게."

양명호가 송윤무에게 설명을 대신하게 했다.

"두 개의 길 중 한쪽은 큰 의가가 단 한 곳밖에 없습니다. 반면 다른 한쪽은 열 군데도 넘게 있습니다. 미리 생각하고 면밀히 준비했다면 그곳으로 향할 것입니다."

양명호가 확신 어린 음성으로 말했다.

그제야 다른 번역들이 미미하게 고개를 끄덕였다.

"받게."

부하들을 쳐다보던 양명호가 송윤무를 향해 패찰 하나를 던졌다.

그것은 수석번역의 신패였다.

얼마 전 당두가 된 양명호는 아직까지 수석번역의 자리를 결정하지 않고 있었다.

"감사합니다!"

송윤무가 상기된 얼굴로 깊이 고개를 숙였다.

핵심 당두 아래에서 수석번역으로 활동하다 보면 말석이 나마 당두가 될 확률이 높다.

당두와 번역은 하늘과 땅 차이, 송윤무는 하늘을 향해 한 계단 더 오른 것이다.

"이곳에서 가장 가까운 문파는?"

양명호가 물었다.

"청호문(靑豪門)입니다."

번역들 중 누군가 답했다.

청호문은 역사가 이백 년이나 된 유서 깊은 정도문파였다.

"병신 같은 놈!"

양명호가 험구를 토했다.

"적일문(赤日門)이 가장 가깝습니다.

다른 사내가 답했다.

적일문은 이 년 전에 생긴 신흥방파였다.

겉으로는 정사중간을 걷고 있었지만 그들은 흑도전성시대를 맞아 요공공의 지원을 받으며 성장한 문파였다. 그들이라면 동창의 명령을 절대적으로 따를 수밖에 없다.

다른 신생문파들처럼 고수의 숫자는 얼마 되지 않겠지만 단순히 인원수를 지원하는 일에는 아무런 지장이 없을 것이다.

"최대한 빨리 놈들을 쫓는다! 그리고 자네는 지금 당장 전서구를 날려 적일문에서 최대한의 인원을 차출하라!"

"복명!"

송윤무가 깊이 허리를 숙였다.

*　　　*　　　*

유검가에서 하루도 머물지 못한 유한성이 진성무관으로 되돌아왔을 때는 진성무관은 식구들의 이사 준비가 한창이었다.

그들은 유한성의 다급한 마음과는 상관없이 느긋하게 이사 준비를 하고 있었다.

그들의 표정에는 기대 반, 아쉬움 반의 기운이 떠올라 있었다.

기대감은 정주제일의 가문으로 들어간다는 것이고, 아쉬움은 정든 집을 떠난다는 것이었다.

그러나 그들의 얼굴에 슬픔의 기색은 보이지 않았다.

채 열 명도 안 되는 인원으로 장현방의 본거지마저 쓸어버린 유검가의 저력이었다. 대외적으로는 정호회 타격대의 활약으로 알려졌지만 진성무관 사람들은 그것이 유검가의, 아니, 정확히 말해 유한성의 작품이라는 것을 누구보다 잘 알았다.

어쨌든 유한성이 버티고 있는 유검가로 들어가면 자신들은 십 년보다 훨씬 짧은 기간 안에 독립을 할 수 있을 것이고 그런 생각은 오히려 마음을 들뜨게 했다.

히히히힝—

긴 말 울음소리와 함께 유한성과 사진용 남매가 말에서 내려 급히 정문으로 들어서자 진성무관 사람들과 몇 배로 불어난 정호회 타격대 대원들의 시선이 집중되었다.

유한성을 본 진성무관 사람들의 표정은 환하게 밝아졌고 타격대원들의 눈은 반짝반짝 빛이 났다.

내심 그들은 유한성을 타격대 대주로 점찍고 있었다.

검막을 펼쳐 장현방도들이 날린 독화살을 모조리 튕겨낸 절정고수라 들었다. 그런 사람이 대주가 된다면 자신들도 덩달아 강해질 수 있었다.

"야! 밀지 마!"

누군가 나직하게 외쳤다.

"정말 훤칠하네."

"듣던 대로 바위를 깎아 만든 사람 같아."

여인들의 속삭이는 목소리도 들려왔다.

너무 많은 낯선 얼굴들에 유한성은 잠시 의아한 눈으로 그들을 일견하고는 빠르게 걸음을 옮겼다.

"어떻게 벌써 와?"

무관 주변을 둘러보고 있던 목인화가 놀란 얼굴로 달려왔다.

천호연의 부탁으로 유세진이 전서구를 날렸다는 것을 알지 못한 그녀는 눈을 동그랗게 뜨고 유한성을 쳐다보았다.

갈 때도 바람처럼 떠났는데 올 때는 더 급한 바람이 되어 들어섰다.

정말 바람이 맞는 것 같았다.

"급한 일이 있어서 돌아왔어."

유한성은 짤막하게 답하며 천호연이 있는 별채 쪽으로 사라졌다.

"정말 바람의 기운을 타고 태어난 사람인 모양이야."

목인화 혀를 내두르다 사진혜를 쳐다보았다.

급한 행보에 그녀의 얼굴이 초췌하게 변해 있었다.

"구경은 잘 했어요?"

목인화가 미소와 함께 물었다.

"먼지 가득한 길만 쳐다본 기억밖에 안 나네요."

사진혜의 볼이 부어올랐다.

같이 중원 구경을 하겠다는 화려한 꿈(?)을 안고 음풍장을 나왔는데 바람처럼 이리저리 휩쓸려 다니다가 볼일 다 볼 것 같았다.

"그런데… 앞으로는 더 바빠질 것 같은 불길한 예감이 드는데."

별채 쪽을 쳐다보며 사진용도 입맛을 다셨다.

유한성의 가문이 정주제일가라는 말을 듣고 그곳을 방문했을 때는 며칠 거나한 대접을 받을 줄 알았다. 그런데 채 두 끼도 제대로 얻어먹지 못하고 그날 저녁에 바로 달려왔다.

"그냥 바람 정도가 아니라 광풍이네, 광풍!"

목인화가 피식 웃었다.

그녀 역시 사진용과 마찬가지로 그 광풍이 서서히 휘몰아칠 것 같다는 기운을 느꼈다.

그 광풍이 어떤 것들을 휩쓸어올지 자못 기대가 되었다.

"갔다 오느라 고생했는데 술이나 한잔하는 게 어때?"

목인화가 사진혜를 향해 말했다.

사진혜가 금방 말을 놓는 목인화를 잠시 쳐다보다가 생긋 웃었다.

"그래요, 언니. 누가 안 권하면 나 혼자서라도 마시려 했어요. 오빠도 함께 마셔요."

사진혜가 붙임성있게 목인화의 팔을 잡으며 걸었다.

"쩝! 세상 구경은 해보지도 못하고 술만 늘겠군."

사진용도 입맛을 다시며 두 여인을 따랐다.

"어서 오게. 눈이 빠지게 기다렸네!"

유한성이 실내로 들어오자 천호연은 득달같이 다가왔다.

"유걸 그 사람에게서 연락이 왔네. 하오문의 천리신구(千里新鳩)로 짤막하게 보내온 것인데 내가 다시 옮겨 적었네. 어서 읽어보게."

천호연은 품에서 종이 한 장을 꺼내 유한성에게 내밀었다.

유한성은 서둘러 서찰을 꺼내 읽어 내려갔다.

시월 오일 허창으로 출발. 경로는……. 동창의 추적 기운 감지.

짤막한 세 구절의 문구였지만 많은 것을 내포하고 있었다.

하유걸은 유한성이 보낸 개방의 표식을 읽고 유한성이 천호연과 같이 있을 것이라는 것을 예상한 후 곧장 천호연이 있는 허창으로 달려온다는 말이다.

유한성 역시 하유걸이 그렇게 생각할 것을 예상하고 자신과 수린의 이름 뒤에 천호연의 이름을 넣었다.

그건 한 치 오차 없이 맞아떨어졌다.

문제는 마지막 구절인 동창의 추적 낌새가 느껴진다는 내용이었다.

동창!

그 악머구리 같은 놈들은 아직 포기를 하지 않았다는 말이다.

사부 한조산이 모든 의혹을 자신에게로 향하게 한 후 왼손까지 잘라 종적을 지워 버렸는데 놈들은 무언가 실마리를 잡고 추적을 하고 있는 것이다.

그놈들이 추적을 하고 있는 이상 절대로 마음을 놓을 수 없다.

유한성은 들불을 마주하고 있는 심정과 함께 두 번째 문구인 경로 부분을 거듭해서 읽었다.

그건 하유걸이 자신에게 보내는 구조 신호였다.

유한성에게 그들의 경로를 알려주고 동창의 추적대보다 먼저 구조를 바란다는 말이었다.

경로를 뇌리에 새긴 유한성은 고개를 들었다.

번쩍!

유한성의 눈에서 섬광이 터졌다.

"으헉!"

천호연이 튕기듯 뒤로 물러났다.

무공을 익히지 않은 그였기에 무의식중에 터져 나온 유한성의 강렬한 안광을 감당할 수 없었던 것이다.

놀란 가슴을 쓸어내린 천호연이 다시 유한성을 쳐다보았을 땐 유한성은 이내 눈을 감고 조용히 생각에 잠겨 있었다.

천호연의 눈에 감탄의 기운이 어렸다.

마음이 급할수록 오히려 심해처럼 깊이 가라앉는 유한성이었다.

한동안 유한성은 눈을 감은 채 꼼짝도 않고 앉아 있었다.

"원래의 쪽지는 어디 있습니까?"

한참 후에 눈을 뜬 유한성은 천호연을 향해 물었다.

"그건 왜?"

천호연이 의혹 어린 눈으로 물었다.

거듭 읽으며 단 한 자도 틀리지 않게 옮겨 적었기에 그건 필요가 없을 것 같았다.

"보여주십시오."

유한성의 요구에 천호연은 얼른 탁자 서랍에 넣어둔 쪽지를 꺼내 건넸다.

유한성은 그것을 잠시 쳐다보다가 품에 넣고 몸을 일으켰다.

"앞으로 어쩔 셈인가?"

같이 일어선 천호연이 물었다.

"오늘 안으로 경로를 역으로 짚어 출발하겠습니다. 천 의원님께서는 언제든 시행할 수 있도록 대법의 준비를 해주십시오."

유한성이 담담했지만 바위처럼 무거운 음성으로 답했다.

"허어—"

천호연은 잠시 혀를 내둘렀다.

"알겠네. 내일이라도 가능하게 만반의 준비를 해놓을 테니 그건 걱정 말게."

천호연은 고개를 끄덕이며 답했다.

마음 같아서는 하루라도 쉬고 내일 출발하도록 권하고 싶었지만 절대로 들을 사람이 아니라는 것은 누구보다 잘 알았다.

"제발 무사히 구해오게."

천호연이 유한성의 등 뒤에 대고 당부했다.

"지금 다시 떠난단 말인가?"

출발 준비를 하는 유한성을 보며 유병학이 기가 막힌 표정을 지었다. 그 옆으로 목인화와 소명윤 남매 및 다른 타격대 대원들도 멍한 표정을 짓고 서 있었다.

잠시나마 자리를 같이하며 술이라도 한잔 나누고 싶었는데 오자마자 떠날 준비부터 하니 도저히 갈피를 잡을 수가 없는 것이다.

"이건 숫제 고문이군."

사진용이 한숨을 내쉬며 고개를 흔들었다. 반면 사진혜의 얼굴은 환하게 밝았다.

유한성이 그들 남매에게는 같이 가자고 했기 때문이었다.

하루 종일 말 위에 앉아 있어도 유한성과 같이하면 기분이 날아갈 듯한 사진혜였다.

"대체 무슨 일인데 그러나? 하루라도 쉬어가면 안 되나?"

유병학이 여전히 어이없는 표정으로 말했다. 그러나 유한성은 듣지도 못한 듯 지도에만 눈을 고정시키고 있었다.

그때 문이 열리며 검을 어깨에 멘 생사혈검 오필만이 들어왔다.

그의 등장에 소소미가 놀란 눈을 하며 후다닥 오빠 소명윤 뒤로 몸을 숨겼다.

유한성에게 호되게 당해 자리보전을 하고 있던 그가 복수라도 하듯 당장 검을 뽑아 휘두르면 그 여파만으로도 목숨이 위태로울 것이다.

그녀의 무공 수준에서 오필만은 저승사자나 진배없었다.

"검을 팔았으니 그 값을 하겠네."

천호연으로부터 당부를 받았는지 오필만은 담담한 눈으로 유한성을 쳐다보며 말했다.

"다 낫지도 않았을 텐데요?"

지도에서 눈을 뗀 유한성이 오필만의 전신을 훑어보며 말했다.

"다 나았네. 후유증은 가면서 회복하면 되네. 천 의원님께서 애쓴 덕택으로 몇 배는 빠르게 회복되었으니 걱정 말게."

오필만이 확고한 음성으로 답했다.

"알겠습니다. 같이 가도록 하죠."

잠시 그를 쳐다보던 유한성은 고개를 끄덕였다.

그는 온 중원을 돌아다닌 백전노장이나 마찬가지였다.

무공 면에서는 자신이 더 강할지 몰라도 경험이나 중원 지리, 식견 등에서는 자신으로서는 비교할 수 없을 정도이다. 그런 그가 동행한다면 누구보다 큰 도움이 될 것이다.

"하지만 이번 한 번뿐일세. 이번 일만 돕고 나면 난 내 갈 길로 가겠네."

오필만은 단호한 표정과 함께 말했다.

"물론입니다."

유한성은 조금도 망설이지 않고 확답을 해주었다.

자신이 그의 검을 산다고 했던 말은 어떤 목적이 있어서가 아니라 그에게 회복의 의지를 주기 위함이었다.

비록 장현방의 빈객으로 사진용 남매와 진성무관을 무너뜨렸지만 무인으로서의 마지막 도의는 저버리지 않았다. 그래서 그 자리에서 죽이지 않고 천 의원에게 부탁해 회복을 도와주었는데 이번 일에 도움까지 받는다면 더 바랄 것이 없었다.

"준비하겠네."

오필만은 짤막한 인사와 함께 밖으로 나갔다.

"휴우—"

비로소 소소미가 긴 한숨을 내쉬며 오빠 소명윤의 등 뒤에서 앞으로 나왔다.

"우리도 도울 수 있게 해주십시오."

한동안 아무 말도 않고 있던 소명윤이 조심스럽게 말했다.

장현방을 몰락시킬 때는 아무것도 모르고 따라가 별 도움이 되지 못했지만 이번에는 단단히 각오를 하고 도울 생각이었다.

"사람을 찾는 일이라면 우리도 도움이 될 수도 있을 것입니다."

소명윤이 조금 목소리를 높이며 말했다.

무공 면에서는 큰 도움이 못 되더라도 머릿수로 도울 일이 있을지도 몰랐다.

그러나 유한성은 천천히 고개를 저었다.

그들은 여전히 도움보다는 방해가 될 뿐이었다. 설사 도움이 된다 하더라도 이건 정호회 타격대와는 상관없는 지극히 개인적인 일이었다.

"무엇이든 도움이 되도록 하겠습니다."

소명윤이 상기된 어조로 말했다.

"우리도 돕겠습니다!"

미리 얘기가 된 듯 밖에서도 청년들이 고함을 질렀다.

유한성은 잠시 소명윤을 쳐다보았다.

소명윤이 필사적으로 시선을 맞받았다.

"따라나오시오."

시선을 거둔 유한성은 적운검을 들고 밖으로 나갔다.

긴 한숨을 내쉰 소명윤이 주춤거리며 유한성의 뒤를 따랐다.

밖에는 유검가의 사람들을 제외한 타격대의 삼분지 이 이상이 무기를 든 채 도열해 있었다.

유한성을 따라갔다가 혁혁한(?) 공을 세우고 명성이 높아진 소명윤 남매에 고무된 청년들은 이번 기회는 절대로 놓치지 않겠다며 굳은 결의를 다진 모양이었다.

소명윤 남매를 데리고 밖으로 나온 유한성은 잠시 도열해 있는 타격대원들을 쳐다보다가 입을 열었다.

"모두 무기를 뽑으시오."

유한성이 차분한 어조로 말했다. 그러나 어떤 고함보다 더 강한 기운이 스며 있었다.

유한성의 지시에 모두 움찔 어깨를 움츠렸다.

그들은 자연스럽게 피어오르는 유한성의 기도마저 감당이 힘들었다.

"어서!"

유한성이 목소리를 높이자 하나 둘 무기를 빼 들었다.

유한성도 적운검을 들었다. 그러나 검갑에서 뽑지는 않았다.

"지금부터 내가 여러분을 공격하겠소. 그렇게 하여 다섯 호흡 후에도 그 자리에 서 있는 사람들은 데려가겠소. 시작!"

고함과 함께 그 자리에서 사라진 유한성의 신형이 번쩍! 하며 도열한 타격대 사이로 스며들었다.

퍼퍼퍼퍼퍽!

진원지를 알 수 없는 타격음들이 연달아 터져 나왔다.

쿠쿠쿠쿠쿠쿵!

타격음에 이어 바닥으로 나뒹구는 소리들도 비슷하게 이어졌다.

거의 스무 명에 가까운 타격대원이 순식간에 그 자리에서 쓰러졌다.

다시 비슷한 상황이 전개되며 그만한 숫자가 또 쓰러졌다.

직접 가격당해 쓰러진 사람도 있었고 튕겨나는 앞사람에 부딪쳐 쓰러진 사람도 있었다.

"피해!"

"막아!"

이곳저곳에서 다급성들이 터져 나왔다.

두 번의 갑작스런 쇄도가 있은 후에도 쓰러지지 않은 사람들은 제각각 몸을 날리거나 무기를 휘두르며 유한성의 공격에 대비했다.

쉬이익—

유한성의 신형이 더욱 맹렬하게 남은 청년들을 향해 쏘아졌다.

퍼퍼퍼퍼퍽!

"큭!"

"으윽!"

처음과 달리 이번에는 답답한 신음성들도 터져 나왔다.

방어가 강하면 공격도 강할 수밖에 없었다. 처음 두 번에 비해 상대적으로 강한 타격을 받은 청년들은 신음과 함께 바닥에 나뒹굴었다.

순식간에 네 호흡이 지나갔다.

백여 명의 청년 중 네 호흡 이후에도 남아 있는 사람은 열 명뿐이었다.

그들은 유한성이 검을 뽑지 않고 검집째 휘두른 검을 피하거나, 한꺼번에 여러 사람을 쓰러뜨리고 날아드는 검을 겨우 막은 후 쓰러지지 않고 서 있었다.

쉬이익―

마지막 남은 한 호흡에 유한성이 다시 휘몰아쳤다.

"하앗!"

"핫!"

공격은 최선의 수비, 기합성을 지르며 열 명의 청년이 유한성에게 마주쳐 왔다.

유한성은 바람처럼 쇄도해 들었다.

터엉―

텅!

까앙!

세 명이 휘두른 무기가 튕겨났다. 뒤이어 퍼퍼퍼퍼퍽! 하는 파육음이 터지며 일곱 명이 쓰러졌다.

다섯 호흡의 시간 동안 백 명이 넘는 청년이 모두 바닥으로 나뒹굴고 남은 사람은 세 명이었다.

여인 한 명에 청년 두 명이었다.

그들은 유한성의 마지막 공격을 한꺼번에 막으며 다섯 걸음이나 주르르 뒤로 밀려났지만 끝까지 쓰러지지는 않았다. 하지만 막강한 충격파에 호구가 찢어지는 듯한 통증을 느끼며 잔뜩 인상이 찌푸려져 있었다.

그들은 어이가 없는 심정이었다.

무가의 자식으로 태어나 수없이 많은 수련을 한 그들이 한 사람에게 모두 쓰러지고 셋밖에 남지 않았다는 사실은 도저히 납득할 수 없었다.

그것이 호승심을 자극했다.

"이젠 우리끼리 다시 해봐요."

남은 세 사람 중 여인이 목소리를 높였다.

자신들 세 명은 남았지만 도저히 승복할 수 없었던 것이다.

"하앗!"

유한성의 허락도 받지 않고 앙칼진 고함을 지르며 여인이 무기를 휘둘렀다.

외모와 전혀 어울리지 않게 여인의 무기는 장창이었다.

쉬이익—

장창이 눈부신 속도로 유한성의 가슴을 향해 쇄도해 들었다.

새하얀 창날이 양광을 반사시키며 허공가득 은빛을 흩뿌렸다.

움찔하던 두 청년 역시 신속히 보법을 밟으며 검을 휘둘렀다.

바위처럼 굳건히 서 있던 유한성은 한 자루 장창과 두 자루 검이 목전에 도달했을 때 쾌속하게 검을 쳐올렸다.

땅!

쨍!

쨍깡!

유한성의 검갑에 걸린 세 자루의 병장기가 허공으로 튕겨 오르고 이남일녀도 마침내 바닥으로 엉덩방아를 찧었다.

재대결에서 그들 세 사람은 일 합을 건디지 못한 것이다.

"약속대로 당신들 세 사람은 따라와도 좋소. 나머지 사람들은 다른 일이 생기면 그땐 도움을 받을 수도 있겠지만 이번에는 불가능하오."

유한성은 칼로 자르듯이 말한 후 등을 돌렸다.

"대체……?"

대부분 자신이 어떻게 쓰러진지도 모른 청년들이 멍하니 서로를 쳐다보았다.

크게 아프거나 내상을 입지는 않았다.

순식간에 헝겊 몽둥이가 허리나 어깨, 가슴 등을 가격하는 느낌만 받았다.

그런데도 견디지 못하고 바닥을 구른 것이다.

오히려 그래서 더 경악스러웠다.

사정없이 내상을 입히든지, 어디 한 군데 부러뜨릴 정도로 가격하는 것은 쉽지만 백 명 가까운 사람들을 그런 부드러운 기운으로 제압하는 것은 훨씬 힘들었다.

아마 검을 마주한 생사의 대결이었다면 세 호흡 안에 모두 베어져 고혼이 되었을 것이다.

"망할!"

제일 먼저 일어선 사람은 역시 장창을 든 여인이었다.

그녀는 연화 대부인의 생신 때 참석하지 않아 정호회에 가입하지 않은 가문인 송씨가의 장녀 송자영(宋紫玲)이었다.

송씨가는 정주 외곽에 있는 가현산(柯鉉山) 산자락에 위치한 가문으로 식솔들이 서른 명도 안 되는 작은 집안이었다.

가문 비전의 창술을 전승한 무가이긴 하지만 세력도 미미하고 활동도 없어 이제는 무가라는 명칭도 무색한 집안이었다.

그런 까닭에 지금은 무공보다는 장사에 더 치중하며 부를 축적하는 데 힘을 쏟고 있었는데 유독 그녀만 무공에 관심을 보이며 가전의 창술에 매진했다. 그리고 정호회 타격대에도 그녀 독단으로 참석한 것이다.

어쨌든 그녀의 실력은 백여 명 중에서 세 손가락 안에 들었다.

"다시 해봐요!"

송자영이 유한성의 등에다 대고 고함을 질렀다.

남자들보다 더 강한 성격이었다.

유한성은 들은 척도 않고 방으로 들어갔다.

"야아악!"

제 성질을 못이긴 송자영이 비명을 지르며 창으로 바닥을 두드렸다.

땅거죽이 일며 흙먼지가 아직까지 주저앉아 있는 청년들을 뒤덮었다.

"제법 성질 있네. 같이 가기로 됐으니… 너, 경쟁자 한 명 더 늘었다."

목인화가 사진혜를 슬쩍 쳐다보며 약을 올렸다.

"무슨 소리예요?"

사진혜가 뾰족하게 고함을 질렀다.

"아님 말고."

한 번 더 약을 올린 목인화는 엉덩이를 살랑살랑 흔들며 숙소 안으로 들어갔다.

그제야 바닥에 주저앉아 있던 타격대 대원들이 하나둘씩 일어섰다.

다들 다치거나 아픈 곳은 없었지만 큰 내상을 입은 것 이상의 정신적인 충격을 받아 맥을 놓고 앉아 있었던 것이다.

　"검을 버려야 할 것 같군!"

　송자영과 함께 마지막 세 명 안에 들었던 성권일(盛權一)이 고개를 흔들었다.

　그는 유검가 비밀회동에 참석한 성가장주 성준경의 셋째 아들이었다.

　"그럼 우리는 죽어야 하겠군요."

　두 호흡 안에 쓰러진 청년 하나가 참담한 표정으로 말했다.

　"그럼 난 아예 시체겠네."

　한 호흡 안에 쓰러진 청년이 허탈한 음성으로 대꾸했다.

　너무나 완벽한 패배 앞에 그는 참담한 기분도 들지 않는 모양이었다.

　"어쨌든 이번 행보에는 따라갈 수 있을 것 같군."

　성권일, 송자영과 함께 세 명 중 나머지 한 명인 이수찬(李修璨)이 입맛을 다셨다.

　그는 정주의 오대무가 중 한 곳인 청운도장 이윤명의 아들이었다.

　"참혹했지만 좋은 경험이었어. 그동안 너무 나태했다는 느낌이야."

　이수찬이 다시 말했다.

　"나태하지 않았으면 따라잡을 수 있을 것 같아?"

성권일이 피식 웃으며 물었다.

"글쎄… 죽자고 했으면 되지 않았을까?"

낙천적 성격인 이수찬이 입맛을 다시며 대꾸했다.

"흥!"

송자영이 콧방귀를 뀌었다. 그리고 덧붙였다.

"우리와는 태생이 다른 인간이에요."

송자영은 가라앉은 표정과 함께 타격대의 임시 숙소 쪽으로 사라졌다.

추적(追跡)

第五十九章

두두두두!

네 마리의 말이 끄는 마차 한 대가 질풍처럼 소로를 달렸
다.

마차를 모는 사람은 사십대 후반의 건장한 사내였다.

덥수룩한 구레나룻이 사내의 인상을 더욱 강하게 느끼게
했다.

"이랴!"

사내가 고함과 함께 채찍을 휘둘렀다.

조금 속도를 줄이던 말들이 다시 속도를 내며 달려나갔다.

사내가 마차를 모는 실력은 실로 교묘하고도 섬세해서 바

람처럼 달려나가고 있었지만 표국의 쟁자수가 천천히 모는 것보다 요동이 더 적었다.

그렇게 한동안 마차를 몰던 사내의 눈이 번쩍 빛을 토했다.

사내의 시선이 머문 곳에 황소 한 마리가 모는 제법 큰 짐수레가 건초를 잔뜩 싣고 한가로이 굴러가고 있었다.

사내는 계속 짐수레를 쳐다보며 서서히 속도를 줄였다.

짐수레 위에는 노인 한 명이 조는 듯 앉아서 짐수레의 움직임에 동화된 채 같이 흔들리고 있었다.

"워! 워!"

짐수레 바로 뒤에 다다르자 사내는 마차를 세웠다.

그제야 조는 듯 짐수레 위에 앉아 있던 노인이 고개를 들고 뒤를 돌아보았다.

노인이 깜짝 놀라며 황급히 고삐를 흔들었다.

길이 좁았기에 마차가 짐수레 옆으로 비켜 지나갈 수가 없었다. 속도가 느린 짐수레가 옆으로 비켜 길을 틔워주어야 했다.

"노인장! 뭘 좀 물어도 될까요."

마차를 아예 세운 사내가 노인을 보며 말을 건넸다.

노인이 무표정하게 사내를 쳐다보며 고개를 끄덕였다.

"혹시 마차를 몰아보셨습니까?"

사내가 노인을 향해 물었다.

무표정했던 노인의 얼굴에 옅은 감회가 어렸다. 아마도 소싯적에는 마차를 제법 몰아본 것 같았다.

"젊었을 적에는 표국의 쟁자수 노릇도 좀 했지요."

노인이 생기가 어린 음성으로 답했다.

사내의 짐작대로였다.

졸면서도 중심을 잡고 짐수레에 동화된 모습이 예사롭지 않았는데 그만한 내력이 있었던 것이다.

"그럼 이 마차도 몰 수 있겠군요."

사내가 다시 물었다.

노인이 힐끗 마차를 쳐다본 후 고개를 끄덕였다.

"이런 고급 마차라면 아무리 늙었어도 바람처럼 몰 수 있지요."

대답을 하는 노인의 표정에 무인의 호승심과 같은 감흥이 어렸다.

"그럼 수고비를 드릴 테니 이 마차를 좀 몰아주시겠습니까?"

사내가 마차에서 내리며 말했다.

노인의 얼굴에 의혹이 어렸다.

마차를 모는 것이야 어렵지 않지만 자신이 지금 마차를 몰며 짐수레는 어쩐단 말인가. 그리고 스스로도 잘 몰면서 굳이 자신에게 왜 마차는 왜 몰아달라는 말인가.

노인의 눈에 의혹을 넘어 경계심이 피어올랐다. 그러나 그 감정은 곧 당혹감으로 바뀌며 사라져 버렸다.

중년인의 손에 들린 전낭 때문이었다.

중년인은 전낭을 열어 보였고 전낭 속에는 노인이 삼 년을 벌어도 불가능한 은자가 가득 들어 있었다.

"저에게 부득이한 사정이 생겨서 그러니 이 마차 안에 있는 물건을 열흘 안에 장동(張洞)에 있는 정가장까지 운송해 주시면 이 수고비를 드리겠습니다. 그리고 완수하면 정가장에서도 똑같은 금액을 받으실 겁니다."

사내가 전낭을 내밀며 말했다.

정가장이 장동에 있는지, 완수하면 그곳에서 같은 금액을 더 받을 수 있다든지 하는 말은 지어낸 것이다. 하지만 이 전낭 속의 금액으로도 보수는 넘쳤다.

"그, 그건……."

노인이 말을 잇지 못하고 눈동자만 굴렸다.

장동까지 열흘 안에 마차를 몰고 가는 것은 빠듯하지만 밤에도 길을 재촉한다면 불가능한 것도 아니다. 그건 큰 문제가 아닌데 너무 갑작스러웠다. 그리고 수고비 또한 과분했다.

하지만 그런 생각과는 반대로 노인의 손은 어느새 전낭을 받아 들고 있었다.

묵직한 전낭의 무게감이 노인의 가슴을 방망이질 치게 만들었다.

"열흘 안에만 운송하면 되는 것이오?"

노인이 약간 떨리는 목소리로 물었다.

"그렇습니다. 그 기간 안에만 넘겨주면 됩니다."

사내가 미소와 함께 고개를 끄덕였다.

"그럼 내 짐수레는……?"

노인이 자신의 짐수레를 쳐다보았다.

초라하지만 자신의 전 재산이나 마찬가지인 것이었다.

"그건… 제가 좀 사용해야 하니 노인장의 집을 가르쳐 주면 사용 후 사람을 시켜 보내 드리겠습니다."

"하지만……."

노인은 못내 의구심이 이는 모양이었다.

"그럼 이렇게 합시다. 제게 짐수레를 아예 넘기시고 노인께서 운송을 마치면 그곳 마방에 이 마차를 파신 후 짐수레를 한 대 다시 사면 되지 않겠습니까?"

사내의 제안에 노인의 눈이 심하게 흔들렸다.

이건 숫제 돈 다발이 하늘에서 떨어지는 격이다. 그리고 그런 일에는 항상 마가 끼게 마련이다.

"호사다마가 아닐지……."

노인이 혼잣소리로 말했다.

"그럴 수도 있지만 살다 보면 한 번쯤 모험을 걸어야 하는 횡재도 있지요."

사내가 빙긋 웃으며 대꾸했다.

그 미소에 사악한 기운은 전혀 보이지 않았다. 강한 신념과 굽히지 않을 집념이 엿보이는 미소였다.

"알겠소. 내, 집에만 연락하고 곧바로 출발하겠소."

"잘 생각하셨습니다. 그럼 집에 다녀올 동안 이 짐수레에 제 짐을 실은 후 마차를 인계하겠습니다."

사내의 대답에 노인은 얼른 짐수레에서 내려 바람처럼 집으로 달려갔다.

"어서 짐수레에 옮겨 타거라."

노인이 모퉁이를 돌아 사라지자 사내는 짐수레에 실린 건초더미들을 내리고 마차를 향해 말했다.

사내의 지시에 세 명의 청년이 마차에서 조심스럽게 누군가를 부축해 내렸다.

청년들이 마차에서 부축해 내린 사람은 훤칠한 키에 비해, 불면 날아갈 듯 연약한 여인이었다. 청년들의 부축을 받았음에도 제대로 운신을 못하는 여인은 병색이 완연했다. 그래서 몸이 그렇게 연약한 모양이었다.

휘잉—

바람 한줄기가 불어왔다.

그 바람에 여인의 얼굴까지 깊이 감싸고 있던 옷가지가 날렸다. 그리고 여인의 용모가 드러났다.

아!

언뜻 드러난 여인의 용모는 눈을 뗄 수 없을 정도로 아름다웠다.

마치 선녀의 하강인 듯 온 사방이 환하게 밝아지는 것 같았다.

핏기 없이 창백한 얼굴이었지만 그것이 그녀의 아름다움을 퇴색시키지는 못했다.

아무리 심한 병을 앓고, 아무리 두터운 먼지를 뒤집어썼다고 해도 자연스럽게 흘러나오는 고결한 기품은 막을 수 없을 것 같았다.

파리한 안색으로 인해 오히려 더 아름다워 보이는 그녀였다.

"괜찮으냐?"

중년 사내가 걱정스런 얼굴로 물었다.

"괜찮아요, 아버지. 이젠 단련이 되었어요."

여인이 미소를 지었다.

온 세상의 꽃이 한꺼번에 피어나는 듯한 미소였다.

"조금만 참아라. 그럼 머지않아 한성이를 만날 수 있을 것이다."

중년 사내 하유걸은 차분한 목소리로 딸 하수린을 안심시켰다.

한성이라는 말을 들은 하수린의 얼굴에 순간적으로 핏기가 돌았다.

짧은 순간이었지만 혈색이 돌아온 그녀의 얼굴에서는 처음보다 몇 배는 더한, 마치 꽃의 정령인 듯한 아름다움이 흘렀다.

"정말 그동안 고수가 되었을까요?"

하수린이 별처럼 영롱한 눈으로 하유걸을 쳐다보며 물었다.

"후후! 나보다는 네가 그 녀석을 더 잘 알지 않느냐?"

하유걸이 낮은 웃음을 터뜨리며 답했다.

그 웃음소리에 하수린의 표정이 다시 상기되었다.

"그 녀석이라면 지금쯤 그냥 고수가 아니라 절정고수가 되어 있을 거야. 후후!"

하정욱도 빙글거리며 끼어들었다.

단 며칠뿐이었지만 유한성에게 무공의 기초를 가르쳐 보았던 그였다.

자신이 근 일 년에 걸쳐 이루었던 성취를 단 며칠 만에 해치우는 것을 보고는 기절초풍할 듯 놀라며 요괴가 아닌가 하는 생각마저 했었다.

그런 불가사의한 성취 속도에 더해 철혈의 심성은 어떤 난관이 앞을 막는다 한들 목적한 바를 이루었을 것이다.

그건 단 한 치의 의심도 되지 않았다.

문제는 그가 놈들의 마수보다 더 빨리 손을 내밀어 주는가 하는 데 있었다.

"그래! 그 녀석은 지금쯤 헌헌장부에 절정고수가 되어 있을 것이다. 그건 추호도 의심의 여지가 없다. 하하하!"

하유걸이 호탕한 웃음과 함께 하수린을 안심시켰다.

극도로 지친 하수린에게 용기를 북돋워주기 위한 의도된 행동이기도 했지만 스스로의 말대로 추호도 의심이 가지 않았다.

"정말 보고 싶어요."

하수린이 아련한 눈으로 말했다.

"그건 나도 마찬가지다. 어떻게 성장했는지 너무 보고 싶구나."

하수린의 어머니 임소령도 아련한 표정과 함께 허창이 있는 방향을 쳐다보았다.

그동안 수많은 시련에도 딸 수린이 견딜 수 있었던 것은 그들이 아직 이한성으로 알고 있는 유한성 때문이었다. 그가 아니었다면 딸은 벌써 유명을 달리했을지도 몰랐다.

그런 하수린의 마음은 그녀 곁에 언제나 붙어 있던 어머니 임소령에게도 고스란히 전이되었다.

"이젠 조금만 더 고생을 하면 만날 수 있을 것이다. 그러니 힘을 내자꾸나."

하유걸이 하수린의 어깨를 다독거리며 용기를 북돋웠다.

"그래요. 며칠만 더 고생해요."

하수린이 환하게 웃었다.

스러질 듯하던 그녀의 몸에서 생기가 솟아올랐다.

"그래! 며칠만 더 참자."

임소령도 환하게 웃었다.

"그런데 왜 이곳에서 짐수레에 옮겨 타는 것인가요?"

잠시 후 미소를 지운 임소령이 걱정스럽게 물었다.

"이제부터는 육로를 버리고 배를 타고 이동할 것이오."

하유걸이 차분하게 답했다.

"배라면……?"

임소령의 얼굴에 긴장이 어렸다.

지금까지 마차를 타고 온 것도 하수린에게는 무척 힘든 일이었다. 표현은 하지 않았지만 하수린은 지금 기진맥진한 상태였다. 그런데 이젠 배를 타면 배멀미를 감당할 수 있을지 자신이 없었다.

"마차보다는 오히려 나을 수도 있소. 마침 바람도 잠잠한 때이니 더 편할 것이오. 배 멀미에 대한 대비책은 준비해 놓았으니 걱정 마시오."

하유걸은 확신 어린 음성으로 임소령을 안심시켰다.

배가 더 편하기도 하겠지만 육로를 버리고 수로를 이용하려는 것은 동창 추적대를 따돌리기 위함이었다.

지금쯤이면 지척으로 가까워졌을 것이다.

이곳까지 오면서 무수히 많은 연막작전을 펼쳤지만 동창의 놈들은 절대로 호락호락하지 않다. 놈들은 어떤 수를 써서라도 추적을 할 것이 분명했다.

아직 놈들의 코빼기도 본 적이 없다. 그러나 산동성 끝자락까지 뒤져 자설련의 뿌리를 찾는 인간들이 그들이었다.

자설련의 뿌리는 바로 자신의 딸 하수린에게 없어서는 안 될 약초다.

그것을 추적한다는 것은 놈들이 자신을 찾는다는 말이었다. 또한 그것에 착안하여 자신이 있는 곳까지 추적을 해왔다는 것은 놈들이 얼마나 집요하고 날카로운지 소름이 끼칠 정도였다.

그런 놈들이라면 절대로 포기하지 않고 뒤를 쫓고 있을 것이다.

사흘 전, 길에서 마주친 개방도에게 은자 열 개라는 거금을 주고 안전장치 하나를 남겼다.

마차를 추적하는 놈들을 발견하면 분타를 통해 전서구를 날리기로 했다.

오늘 아침 이곳 개방 분타에서 확인한 결과 전서구가 왔었다.

놈들은 사흘거리로 추격하고 있었다. 아마 지금쯤은 이틀로 줄어들었을 것이다.

이제 더 이상 육로를 고집하는 것은 자살행위나 마찬가지다.

비록 멀미로 인해 심한 고초를 겪더라도 마지막 연막작전을 펼치고 수로로 숨어들어야 한다.

하지만 그것보다 더 마음을 무겁게 하는 것은 수로로 이동하면 유한성과의 조우가 어려워진다는 것이다.

유한성에게 보낸 전서에는 수로를 이용한 경로는 적어두지 않았다.

수로는 예상보다 훨씬 빠른 놈들의 추적으로 인한 불가피한 선택이었다.

만약 수로로 이동하는 사이 유한성이 지나쳐 갈 수도 있었다.

'하늘에 맡기는 수밖에.'

하유걸은 긴 한숨을 삼켰다.

마차는 노인을 시켜 계속 이동하게 하여 놈들이 그것을 쫓을 때 수로를 통해 놈들과의 거리를 벌리는 것이다.

그것 역시 며칠 후엔 들통이 나겠지만 그 며칠이 중요했다.

"어서 돌을 마차에 실어라."

하유걸이 세 아들에게 지시를 내렸다. 자신들의 무게를 돌로 대신하려는 것이다.

하유걸의 지시에 하정현과 하정탁, 하정욱은 서둘러 주변에 있는 돌을 모아 마차의 짐칸에 실었다.

"됐다. 너희는 먼저 저쪽 길로 강변을 향해 떠나거라. 난 노인이 오면 마차를 인계하고 뒤따르겠다."

마차에 실은 돌이 가족들 무게만큼 되었을 때 하유걸은 서둘러 지시를 내렸다.

"같이 가면 안 되나요?"

임소령이 걱정스럽게 물었다.

"걱정 말고 어서 가시오. 잠시 후면 뒤따르겠소."

하유걸의 말에 고개를 끄덕인 임소령은 짐수레에 올랐다.

"이랴!"

하정탁이 고삐를 흔들자, 하수린과 임소령을 실은 짐수레가 천천히 움직이기 시작했다.

하정현과 하정욱은 짐수레를 보호하듯 뒤를 따라 걸음을 옮겼다.

*　　　*　　　*

두두두—

스무 마리의 말이 질풍처럼 달려오고 있었다.

죽립에 검은 피풍의 차림을 한 그들은 행색만 보아서는 정체를 알 수 없었다. 그러나 질풍처럼 달리는 말 위에서도 한 치의 흐트러짐이 없는 자세는 고도의 수련을 거친 고수들이라는 것을 짐작할 수 있었다.

히히히힝!

달려오던 말들이 또 다른 피풍의 차림의 사내들 앞에서 일제히 앞발을 들며 멈추어 섰다.

순식간에 속도를 줄이며 정지하는 고도의 기마술이었다.

말을 멈춘 사내들이 바람처럼 땅으로 내려섰다.

"확인했나?"

미리 기다리고 있던 무리 속에서 사내 하나가 차가운 음성으로 내뱉었다.

차분한 듯했지만 원독이 가득한 음성이었다.

"중년 부부에 청년 셋, 온 얼굴을 옷으로 뒤덮은 여인 하나, 놈들이 틀림없습니다!"

말에서 내린 사내가 답했다.

그는 당두 양명호가 속한 구 조의 수석번역 송윤무였다.

"어떤 배에 탔나?"

양명호가 내뱉듯이 물었다.

"사흘 전 지나친 포구에서 추곡선에 올랐다고 합니다."

"추곡선?"

양명호의 이맛살이 찌푸려졌다.

추수가 끝난 지금 강을 가장 많이 오르내리는 배가 추곡선이다. 그러니 가장 찾기도 힘들었다.

뿌드득!

양명호는 세차게 이를 갈았다.

숱한 고생 끝에 마침내 잡았다고 생각하며 마차를 덮쳤는데 그 마차에는 수북한 돌무더기와 함께 늙은이 한 명밖에 없었다.

놈은 속임수를 펼치고 한발 앞서 빠져나간 것이다.

벌써 몇 번째인가?

동창의 번역들이 이렇게 거듭해서 속은 것도 기록일 것이다.

놈은 정말 여우였다.

아니, 여우 열 마리가 속에 들어앉은 놈이었다.

그동안 온갖 속임수로 경로를 판단하기 힘들게 했다. 그리고 그때마다 좁혀지던 거리가 벌어지며 아직 따라잡지 못한 것이다.

하지만 이번에는 절대로 놓치지 않는다.

마차를 버리고 추곡선에 올랐으니 길은 수로 하나뿐이다. 수로만 통제하면 잡는 것은 시간문제다.

"쾌룡방(快龍幫)에 연락은?"

"이미 해놓았습니다. 배에서 내리지 않은 한, 더 이상 빠져나갈 곳은 없습니다."

송윤무가 강한 어조로 답했다.

그의 눈에도 진득한 독기가 어려 있었다.

뛰어난 추리력으로 경로 예측을 하고 수석번역의 자리까지 얻었지만 그 이후로는 연전연패였다. 이렇게 나가다가는 자리를 도로 내어놓아야 할 지경이었다.

"수고했다. 그리고… 추겸(追鉗)!"

양명호가 누군가를 불렀다.

"하명하십시오."

날렵한 몸매의 사내 하나가 앞으로 나섰다.

그는 동창 내에서도 열 손가락 안에 드는 추종술의 전문가였다.

"이 냄새라면 얼마나 떨어진 곳까지 추적이 가능한가?"

양명호는 품에 간직하고 있던 자설련 뿌리를 내밀었다.

"자설련이군요."

추겸이 전문가답게 즉시 냄새의 정체를 알아냈다.

"냄새가 강해 십 리 밖으로 벗어나지만 않으면 추적이 가능합니다."

추겸이 빙긋 웃으며 답했다.

"좋아! 강폭이 십 리나 되는 곳은 없겠지?"

양명호가 물었다.

"없습니다!"

송윤무가 답했다.

"그럼 아무리 추곡선이 많이 떠 있어도 지나칠 리는 없겠군. 쾌룡방의 쾌선으로 추적하면 늦어도 이틀 안에 잡을 수 있겠지?"

"충분합니다!"

번역들이 일제히 고함을 질렀다.

두두두—

고함 소리가 끝나기도 전에 또 다른 피풍의 사내 열 명이 말을 타고 달려왔다.

조사를 하러 나갔던 또 다른 조였다.

"색다른 정보는?"

양명호가 제일 먼저 말에서 내린 사내에게 물었다.

"놈들로 보이는 일행이 어제 상구현(商具縣)을 지났다는 비마방(飛馬幇)의 보고입니다."

사내가 급히 답했다.

"상구현?"

양명호의 눈살이 급격히 찌푸려졌다.

놈들은 나흘 전 이곳 포구에서 수로를 이용해 사라졌다. 그런데 어제 상구현을 지났다니?

양명호의 뇌리가 일순 실타래처럼 엉켰다.

상구현은 강 건너에 있는 곳이다. 또한 지금까지 달려오던 방향과는 반대로 하루쯤 더 달려가야 도달할 수 있다.

"그 정보는 확실한 것이냐?"

양명호가 고함을 질렀다.

"인원 구성과 온몸을 옷으로 감싼 병약한 여인이 타고 있다는 보고를 종합해 보면 놈들과 일치합니다."

부하가 신중한 표정으로 답했다.

'뭔가 이건?'

양명호의 뇌리가 급격히 회전했다.

추적을 눈치챈 놈들이 다시 배에서 내려왔던 곳으로 되돌아가고 있다는 말인가?

아니면, 도주를 포기하고 어디론가 숨어들 생각이란 말인가?

"또 다른 연막일 수도 있습니다."

송윤무가 안광을 빛내며 말했다.

"놈은 그동안 여러 가지 수법으로 혼란을 가중시켰습니다. 그들은 가짜일 수도 있습니다."

송윤무가 덧붙였다.

"그런데 실상은 그들이 진짜라면?"

양명호가 차갑게 가라앉은 음성으로 말했다.

지금껏 내내 그랬다.

가짜인가 싶었는데 진짜였던 적이 다섯 번도 넘었다. 그때마다 따라붙었던 거리가 벌어졌다.

"두 조로 나누어 추적한다. 진표(辰杓)!"

"하명하십시오."

키가 큰 사내 하나가 나섰다.

"부하 열 명을 데리고 비마방 방도들과 함께 놈들을 추적한다. 다른 사람은 다 죽여도 좋으나 하유걸 그놈은 필히 생포한다."

양명호가 살기가 이글거리는 표정으로 지시를 내렸다.

"복명!"

진표라는 사내가 고개를 숙인 후 부하 열 명을 추려 말을 달려갔다.

"죽일 놈! 끝까지 속을 썩이는군!"

양명호는 이를 으드득 갈았다.

만약 비마방 방도들이 목격한 마차가 놈들이 탄 마차라면 더 이상 도주는 포기하고 어디론가 숨어들 공산이 컸다.

성시의 주루나 가정집을 빌어 꼭꼭 숨는다면 또 한참 동안 고생을 해야 한다. 그러다 감시가 느슨해진 틈을 타서 빠져나간다면 놓칠 수도 있다.

움켜쥔 양명호의 주먹이 부르르 떨었다.

"쾌룡방의 쾌선이 도착했습니다!"

부하의 목소리에 양명호는 냉정을 되찾았다.

"몇 척인가?"

양명호가 물었다.

"다섯 척입니다!"

"어서 나누어 타고 최대한의 속도로 쫓는다."

고함과 함께 양명호가 포구를 향해 말을 달렸다. 그의 뒤를 부하들이 바람처럼 따랐다.

第六十章

발각(發覺)

"젠장! 저놈들은 또 뭘 얻어먹을 게 있다고 저렇게 야단인가?"

머리에 허옇게 서리가 내려앉은 반백의 노인이 강물위에 침을 퉤 뱉으며 역정을 토했다.

추곡선이 향하는 전방에 추곡선과는 확연히 다른 모양의 배 두 척이 떠 있었다.

그 배들은 추곡선이 아니었었다.

그 배들은 이 인근의 수로를 장악하고 있는 수적들인 쾌룡방의 쾌선들이었다.

최근 급격히 세를 불린 수적들은 그 횡포가 극에 달했다.

그들의 횡포는 이젠 관에서도 손을 쓰지 못할 정도가 되었다. 심지어는 관에서 그들에게 일정액을 받으며 그들의 횡포를 눈감아주는 지경이 되어버렸다.

사정이 그렇다 보니 놈들의 기세는 더욱 올라 어떤 곳에서는 수로를 완전히 장악하고 수로의 주인이 되어 있었다.

이곳에서도 쾌룡방의 수적들은 병장기로 무장을 한 채 눈을 번득이며 지나가는 추곡선들을 일일이 조사하고 있었다.

"또 얼마나 뜯길지 모르겠군요."

옆에서 돛에 달린 줄을 당기던 사내 하나가 한숨을 쉬며 말했다.

세금을 뜯기기는 관아도 마찬가지지만 그들에게는 최소한의 규율이라는 것이 있었다.

한번 세금을 매긴 배는 다시 매기지 않았고, 적당히 뇌물을 주면 편리를 봐주기도 했다. 그러나 이놈들은 규율도 없고 염치도 없었다. 자신들 마음 내키는 대로 뜯어가고 또 뜯어갔다.

그야말로 날강도들이었다.

이럴 바에야 차라리 육로로 운송하는 것이 낫겠다는 생각도 들었지만 육로는 육로대로 산적들이 기승을 부리니 그것도 여의치가 않았다.

"어이, 거기! 우리가 잠깐 건너가겠다."

어느새 가까이 다가온 쾌룡방의 배에서 굵은 목소리가 들렸다.

"우리는 어제 하백님들에게 통행세를 내었습니다."

반백의 노인이 연신 허리를 숙이며 말했다.

"알고 있다. 통행세는 받지 않을 테니 배 안쪽을 좀 수색하겠다."

쾌룡방의 사내 하나가 노인을 향해 거침없이 하대를 하며 몸을 날렸다. 뒤를 따라 다섯 명의 사내가 같이 몸을 날렸다.

다섯 장이 넘는 거리를 단번에 날아오는 모습으로 보아 경공 공부가 제법이었다.

"얼마든지 살펴보십시오. 선원들 다섯 빼고는 아무것도 없습니다."

노인이 통행세를 안 받겠다는 쾌룡방 사내의 말에 얼굴을 활짝 펴며 손수 배 안으로 안내를 했다.

"특별한 건 없습니다."

잠시 배 안을 살펴보던 쾌룡방 사내들이 갑판으로 올라오며 수장 사내에게 보고를 했다.

"음!"

부하들의 보고를 받은 수장 사내가 고개를 끄덕인 후 노인을 쳐다보았다.

"영감! 혹시 지나오던 중에 강을 건너달라는 사람들이나, 태워달라는 사람들 못 봤나?"

수장 사내가 날카로운 눈으로 노인을 쏘아보며 물었다.

"강을 건너는 사람들은 추곡선을 이용할 리 없고……. 가는 길에 어디까지 태워달라는 사람들은 이따금씩 있지만 우리는 그런 부탁을 받은 적이 없습니다."

노인이 공손한 표정과 함께 말했다.

"혹시 저 쌀가마니에 무언가 다른 것이 들어 있는 것은 아니겠지?"

수장 사내가 다시 물었다.

"아무렴요. 여기 꼬챙이가 있으니 찔러보십시오."

노인이 가느다란 쇠꼬챙이를 가리키며 말했다.

사내는 쇠꼬챙이로 가마니 몇 개를 건성으로 찔러보았다.

"이상 없군. 하지만 혹시라도 그런 배가 있으면 즉시 우리 쾌룡방 사람들에게 알려라. 그럼 큰 상금이 있을 수도 있다."

"상금이라구요?"

선실 안에 있던 청년이 머리를 내밀며 목소리를 높였다.

"왜? 그런 사람들을 본 적이 있나?"

수장 사내가 눈을 가늘게 뜨며 청년을 향해 물었다.

"어제 저녁 우연히 강을 거슬러 올라가던 추곡선 한 척에서 웬 청년 세 명이 잠시 나왔다 얼른 선실로 들어가는 것을 보았는데… 아무리 보아도 선원 같지는 않고 몸을 숨긴 채 이동하는 사람들 같았습니다."

청년의 이름은 왕하동(王夏銅)이었는데 뱃사람치고는 제법 총기가 있어 보였다.

"그게 정말이냐? 어떤 추곡선이었나?"

수장 사내가 고함을 치듯 왕하동을 채근했다.

"우리 배보다 두 배 정도 컸는데 고물 쪽에 용머리가 조각되어 있었습니다. 그런데 상금은……?"

왕하동이 조심스럽게 수장 사내를 쳐다보았다.

"상금은 놈들을 잡으면 주겠다. 가자!"

수장 사내는 더 이상 왕하동을 쳐다보지도 않은 채 몸을 날렸다.

"상금은 개뿔… 퉤!"

왕하동이 멀어져 가는 쾌룡방 놈들을 보며 침을 뱉었다.

"되돌아오면 어쩌려고 그러느냐?"

노인이 왕하동을 향해 혀를 차며 말했다.

"배 떠난 자리는 자국도 안 남죠. 하하하!"

왕하동이 시원하게 웃었다.

죽이고 싶도록 미운 놈들을 골탕을 먹였으니 통쾌하기 이를 데 없었다.

"망할 놈! 허허허!"

노인도 통쾌하게 웃었고 다른 선원들도 따라 웃었다.

"이제 그만 나오시지요."

쾌룡방의 배들이 완전히 사라졌을 때 선실에서 나지막한 목소리가 들렸다. 동시에 벽처럼 보였던 널빤지가 떨어져 나오며 몇 명의 인영이 모습을 드러냈다.

남자 넷과 여자 두 명이었다.

그들은 극도로 긴장한 채 벽에 밀착되어 서 있었던지라 널빤지가 치워졌음에도 곧바로 움직이지 못했다. 특히 머리끝까지 옷을 뒤집어쓴 여인은 과도한 긴장으로 쓰러질 듯 휘청거렸다.

"수린아!"

임소령이 얼른 하수린을 부축했다.

"괜찮아요, 어머니."

하수린이 가느다란 목소리로 임소령을 안심시켰다.

"또 다시 신세를 졌습니다. 어르신!"

하유걸이 노인을 향해 깊이 허리를 숙였다.

"아이구! 이러지 마시오. 내 비록 배운 것 없이 평생 배나 띄우며 살았지만 최소한의 도리는 안다오. 그리고 저 도적놈들 때문에 우리가 얼마나 살기 힘들어졌는지 뼈저리게 느낀다오."

노인이 하유걸을 만류하며 말했다.

처음 하유걸이 가족들과 함께 노인에게 승선을 부탁했을 때 노인은 하유걸이 내민 적지 않은 금액의 은자 때문에 그들을 태웠다. 그러나 며칠 같이 생활하며 지내다 보니 하유걸의 높은 인품과 사람됨에 반해 이젠 가족처럼 대하고 있었다. 그런 그의 태도에 다른 선원들도 한마음이 되어 하유걸 가족들을 숨겨주었다.

물론, 그동안 쾌룡방 놈들에게 입은 피해가 막대했기에 그 반감도 큰 몫을 했지만…….

'정말 지독한 놈들이다.'

빈 공간에서 빠져나와 선실 탁자에 앉은 하유걸은 긴 한숨을 삼켰다.

놈들은 자신이 가족들을 데리고 추곡선에 올랐다는 것마저 알아냈음이 분명했다. 그래서 수적 무리인 쾌룡방을 풀어 추곡선을 검색하고 있었다.

동창의 집요함에 절로 진저리가 쳐졌다.

놈들은 무소불위의 권력으로 관이든 흑도맹이든 마음대로 움직인다.

이젠 수로도 더 이상 안전을 보장할 수 없다는 것을 느꼈다.

허술한 수적 무리라 조사도 대충이어서 속여 넘길 수 있지만 관원들이나 동창 놈들이 나타나면 다시 위기를 넘길 수 없을 것 같았다.

'오늘 밤쯤, 배를 내려 육로를 이용해야 할 것 같다.'

하유걸의 마음이 바위처럼 무거워졌다.

수로로 접어들면서부터 유한성과 마주칠 가능성이 낮아졌다.

수로는 예상에 없던 길이었기에 유한성에게 보낸 전서에도 적어놓지 않았다. 그런 차에 배를 내려 다시 육로로 가면 아예 어긋날지도 몰랐다.

수로로 이동하는 며칠 동안 유한성은 자신들이 온 길을 지나쳐 갔을 가능성도 있었다. 그렇다면 유한성을 만날 기대는 안 하는 것이 나을지도 몰랐다.

어쨌든 더 지체할 수는 없는 일이었다.

"오늘 밤을 틈타 배를 내리고 숨어야 할 것 같다. 그러니 마음의 준비를 하거라."

선원들이 밖으로 나가고 선실에 가족들만 남았을 때 하유걸이 무거운 음성으로 말했다.

아들들과 임소령의 표정이 굳어졌다.

수로마저 안전하지 못하다면 이젠 정말 마지막이란 생각이 들었다.

뭍으로 내려 예전처럼 마차로 이동한다면 이젠 하루도 되기 전에 잡힐 것 같았다. 그러니 어딘가에 숨어 있을 수밖에 없는데 하루라도 빨리 천호연에게 가야 하는 자신들 처지로서는 목이 바짝바짝 마르는 기분이었다.

"그럼 수린이는……?"

하정현이 걱정스런 눈으로 동생 하수린을 쳐다보았다.

"난 괜찮아요. 견딜 수 있어요."

하수린이 아까보다 더 가녀린 음성으로 말했다. 그러나 그녀의 표정은 어쩐지 밝아 보였다.

그것은 다시 뭍으로 오르면 유한성과 만날 수 있다는 기대감 때문이었다.

배에서 내려 뭍으로 오르면 어쩐지 유한성과의 운명의 끈이 다시 연결될 것 같다는 느낌이 들었다.

"그래. 그럼 오늘 밤 어르신께 부탁하여 배에서 내리도록 하자."

하유걸이 고개를 끄덕였다.

그때 급히 선실로 내려오는 발소리가 들렸다.

"대인. 어서 몸을 숨기십시오. 아까 검색하고 갔던 놈들이 다시 오고 있습니다."

노인이 다급하게 말했다.

"발각됐단 말입니까?"

하유걸이 긴장한 표정으로 물었다.

"그건 모르겠습니다. 몇 척의 쾌선이 빠르게 다가오고 있는데 그중 두 척은 아까 우리 배를 조사하고 갔던 그 배들입니다. 지나쳐 갈 수도 있겠지만 행여 모르니 몸을 숨기십시오."

노인이 더욱 급한 소리로 채근했다.

"알겠습니다."

하유걸 급히 가족들을 구석으로 숨기고 널빤지를 잡아당겼다.

널빤지가 비밀공간을 뒤덮자 하유걸 가족들은 사라지고 선실을 텅 빈 상태를 유지했다.

차아아—

일곱 척의 쾌선이 물살을 가르며 다가오고 있었다.

갑판에서 그들을 곁눈질하던 노인은 안도의 한숨을 내쉬었다.

앞서 다가오던 세 척의 쾌선이 자신이 탄 추곡선을 지나쳐 갔기 때문이다. 그렇다면 놈들은 이 추곡선에 볼일이 있어 되돌아오는 것이 아니라 다른 일로 급히 되돌아가고 있는 것이다.

한 번 더 안도의 한숨을 내쉬려던 노인의 표정이 급격히 굳어졌다.

지나쳐 간 줄 알았던 세 척의 쾌선이 다시 뱃머리를 돌렸다. 그리고 다른 네 척도 양쪽 옆과 뒤쪽을 점하며 다가오고 있었다.

지나쳐 가는 것이 아니었다. 포위망을 좁히고 있는 것이 분명했다.

노인은 절로 다리가 떨려왔다.

조금 전 조사를 하고 갔던 놈들이 다른 다섯 척의 배까지 끌고 되돌아왔다면 분명 무언가 눈치를 챘다는 말이다.

그렇다면 이젠 끝장이다.

흉악하기 짝이 없는 놈들이 자신들을 속인 사람들을 그냥 둘 리 없다.

죽여서 수장시키든지, 못해도 병신으로 만들 것이다.

"노야. 어떻게 합니까?"

왕하동이 떨리는 목소리로 물었다.

아까의 그 통쾌한 표정은 간데없고 얼굴에는 죽음의 공포가 어려 있었다.

다른 선원들도 사색이 된 채 노인을 바라보았다.

"당황하지 말고 평소처럼 행동해라. 놈들은 아까 아무것도 발견하지 못했다."

노인이 차분한 목소리로 선원들을 안심시켰다. 그러나 그의 손과 다리는 사시나무처럼 떨리고 있었다.

"노인장. 돛을 내리시오!"

가장 가까이 다가온 쾌선에서 목소리가 들렸다.

그 목소리를 듣는 순간 노인은 가슴이 철렁 내려앉는 기분이었다.

쾌룡방 놈들의 악쓰는 소리는 이미 귀에 못이 박히게 들었다.

놈들은 고래고래 악을 쓰고, 노소를 가리지 않고 하대를 하며 위협을 했지만 실제 행동은 그 고함 소리를 따라가지 못했다.

그러나 지금 저 목소리는?

조금도 악을 쓰지 않고, 존대를 하며 차분하게 가라앉아 있었다.

헌데 그 낮게 가라앉은 목소리에서 대호의 으르렁거림 같은 공포감이 느껴졌다.

'쾌룡방 놈들이 아니다.'

노인은 순간적으로 그런 생각이 들었다.

저들은 쾌룡방 놈들과는 비교도 안 될 정도로 무서운 자들이었다.

아마도 관아에서 나온 사람들 같았다.

"어서 돛을 내려라!"

노인이 고함을 질렀다.

사색이 되어 있던 선원들이 서둘러 줄을 당겨 팽팽하게 바람을 받고 있던 돛을 내렸다. 그러자 배의 속도가 줄더니 결국은 멈추어 버렸다.

그러는 와중에도 낮은 목소리의 사내와, 그 뒤에 일렬로 늘어선 사내들은 아무런 움직임도 보이지 않고 석상처럼 서 있었다.

배가 멈추자 좌우로는 더 출렁거렸지만 선상 위에 선 그들의 신형은 발바닥에 못이라도 박힌 듯 조금도 흐트러지지 않았다.

"저 배가 틀림없나?"

양명호가 낮은 목소리로 물었다.

"틀림없습니다. 자설련 뿌리 냄새가 진동을 하고 있습니다."

뒤에서 추겸이 확신에 찬 목소리로 답했다.

다른 것이라면 몰라도 자설련 뿌리는 독성이 강한 만큼 그 특유의 향도 강했다. 특히 다른 냄새들이 섞이지 않는 강바람 속에서는 더욱 선명하게 구별이 되었다.

"아까 조사를 했다고 했나?"

가라앉은 목소리의 사내가 쾌룡방 방도를 향해 물었다.

"그, 그렇습니다. 선실은 물론이고 추, 추곡 가마니도 찔러 보았습니다."

쾌룡방의 수적이 더듬거리며 답했다.

그 역시 얼음장 같은 동창 사람들의 기운에 다리가 후들거리고 있었다.

"해태눈이군!"

팟―

미세한 바람 소리가 일었다.

"아아악!"

대답을 했던 쾌룡방 사내가 비명을 지르며 얼굴을 감싸 쥐었다.

얼굴을 감싼 그의 손가락 사이로 두 줄기 핏물이 흘러내렸다.

양명호는 쾌룡방 사내의 두 눈에 암기를 날려 눈을 못 쓰게 만든 것이다.

"수색하라!"

양명호가 고함을 질렀다.

양명호 뒤에 서 있던 사내들이 일제히 몸을 날렸다.

"노인장, 헤엄칠 줄 아시오?"

추곡선에 내려선 사내가 하나가 노인을 향해 낮게 물었다.

얼어붙은 노인이 고개를 끄덕였다.

"그럼 강변으로 헤엄쳐 가시오."

말과 함께 사내는 엄지 끝으로 들고 있던 검의 호구를 툭
쳤다.

스릉—

검이 한 뼘쯤 검갑을 빠져나오며 새하얀 광채를 토했다.

풍덩!

풍덩!

노인과 다른 뱃사람들이 한꺼번에 물속으로 뛰어내렸다.

'여기까진가?'

널빤지 뒤에서 몸을 은신하고 있던 하유걸은 눈을 질끈 감
았다.

밖의 상황이 어떤지 훤히 짐작이 되었다.

아까 이곳을 조사했던 놈들은 허술한 쾌룡방의 방도였다.
하지만 같이 온 다른 사내들은 결코 쾌룡방도가 아니었다.

그들은 동창의 창위들이었다.

목소리 한 가닥만 들어도 알 수 있었다.

놈들이라면 절대로 쾌룡방 수적 놈들처럼 속아 넘어가지 않을 것이다.

놈들은 자설련 뿌리에서 풍기는 냄새로 추적해 온 것이 틀림없다.

최대한 냄새를 줄이려 했지만 한계가 있었다.

단 하루라도 그것을 복용하지 않으면 딸 수린은 쓰러질 것이고, 매일 그것을 끓이다 보니 그 냄새는 어쩔 수 없었다.

놈들은 결국 그 냄새를 따라 이 배를 포위한 것이다.

털썩!

하유걸을 공간을 가리고 있던 널빤지를 치웠다.

멀리서도 냄새를 맡고 찾아온 놈들에게 널빤지로 몸을 가리는 것은 손바닥으로 하늘을 가리는 것과 마찬가지다.

"여보!"

임소령이 사색이 되어 하유걸을 불렀다.

"너희는 어떤 일이 있어도 이곳에서 나오지 말아라!"

하유걸은 싸울 준비를 하고 있는 세 아들을 보며 담담히 말했다.

낮았지만 항거할 수 없는 힘이 깃든 목소리였다.

"아버지!"

하정욱이 제일 먼저 고함을 질렀다.

유진문의 제자로 팔 년 가까이 수련을 했고, 사 년 넘게 숨어살면서 오히려 더 미친 듯이 검을 휘둘렀다. 이젠 고수라

불러도 될 만하다고 자부했다. 놈들이 아무리 강하다고 해도 몇 놈은 죽일 수 있을 것 같았다.

그렇게 싸우다 죽을 작정이었다.

싸워보지도 않고 숨어 있는 다는 것은 생각조차 할 수 없다.

"내 말 들어라!"

하유걸이 다시 고함을 질렀다.

"못합니다. 같이 싸우다 죽겠습니다."

하정욱도 맞받아 고함을 쳤다.

짝!

하유걸의 손이 하정욱의 뺨을 사정없이 가격했다.

"여보!"

임소령이 놀라 고함을 질렀다.

이제껏 자식들이 아무리 잘못해도 고함 한번 지르지 않던 남편이었다.

언제나 여유있고 부드러운 말로 타일렀다.

그런데 손찌검을 하다니.

"놈들은 나를 원한다. 이제부터 네가 나를 대신해 가족을 책임져야 한다."

하유걸의 말을 들은 하정욱의 눈에서 불길이 일었다.

혼자 싸우다 죽는 것은 쉽다. 그러나 가족 전체를 책임지고 싸우는 것은 절대로 쉽지 않다.

지금처럼 검을 꺾는, 피눈물 나는 결정도 내려야 했다.

"아버지!"

장남 하정현과 하정탁도 검을 든 채 하유걸을 쳐다보았다.

"나만 잡으면 놈들은 떠날 것이다. 나를 잡고도 모자라 너희까지 잡으려 하면 그땐 싸워라. 그래서 놈들이 선실 안으로 한 발짝도 들어오지 못하게 해라."

하유걸이 피를 토하듯 말하고는 선실 계단을 올라갔다.

"아버지… 흑!"

하정욱이 뒤따라 움직이려다 오들오들 떨고 있는 어머니와 동생 수린을 보며 분루를 삼켰다.

아버지가 없는 상황에서 어머니와 동생을 보살피는 것은 자신의 책임이었다.

또한 그것은 아버지의 유언이나 마찬가지였다.

쾅!

하유걸이 나간 후 선실 문이 강하게 닫혔다.

재회(再會)

第六十一章

"후후!"

추곡선 갑판 위에서 양명호가 낮은 웃음을 흘렸다.

사냥감을 궁지로 몰아넣은 사냥꾼의 잔인한 미소였다.

그동안 이가 갈리도록 애를 먹인 사냥감을 드디어 막다른 구석으로 몰아넣었다.

이젠 느긋하게 숨통을 끊을 일만 남은 것이다.

양명호는 승리의 기분을 조금이라도 더 즐기려는 듯 꼼짝도 않고 하유걸의 전신을 훑기만 했다.

"이젠 무슨 수로 빠져나갈 것인가?"

양명호가 마침내 입을 열었다. 여전히 그의 입에는 잔인한 미소가 걸려 있었다.

"네놈을 모두 수장시키고 빠져나갈 생각이다."

하유걸이 담담하게 응수했다.

"그런가? 최상책인 것 같긴 한데 실현 가능성은 희박해 보이는군."

양명호가 입술 끝을 비틀었다.

하유걸의 검술 실력이 고수의 반열에 있다는 것은 익히 알고 있다. 그리고 그동안 은둔 생활을 하며 틈틈이 갈고닦았다면 조금 더 늘었을 수도 있다. 하지만 스무 명도 넘는 동창의 번역들을 모두 해치울 정도는 절대로 아닐 것이다.

그 정도면 절대고수나 가능하리라.

"청해마검은 잘 있나?"

양명호가 불쑥 물었다.

하유걸의 눈이 순간적으로 흔들렸다.

놈의 목적이 어디에 있는지 비로소 알 것 같았다.

놈은 한조산이 죽었다는 소문도 믿지 않고 한조산을 쫓고 있는 것이다.

몇 년 전, 청해마검 한조산이 죽었다는 은밀한 소문을 들었지만 자신은 믿지 않았다. 절대로 그렇게 당할 사람이 아니었으니까.

하나 개방이나 하오문 등 정보를 다루는 방파에서는 청해마검의 죽음을 기정사실화하고 있었는데 놈은 포기하지 않고 끈질기게 추적하여 이곳까지 온 것이다.

"역시 짐작대로였어. 후후!"

하유걸의 미세한 표정 변화를 읽은 양명호는 비릿한 웃음을 지었다.

자신의 모든 추측이 맞아떨어지는 순간이었고 형의 복수를 하기 위한 실마리를 잡는 순간이었다.

"이젠 수확할 일만 남았군."

양명호는 더 이상 시간을 끌 필요가 없다는 듯 손을 들었다.

휘익ㅡ

획!

뒤에 섰던 부하들이 비조처럼 날아 추곡선 선미로 내려섰다. 그리고는 유령처럼 몸을 움직였다.

순식간에 양명호의 부하들이 뱃전을 둘러서며 하유걸을 포위했다.

흔들리는 선상에서였지만 마치 빙판 위를 미끄러지는 듯한 움직임이었다.

'으음!'

하유걸은 신음을 삼켰다.

양명호 한 명만으로도 벅찰 것 같은데 부하들이 스무 명도 넘었다.

자신 한 명만 잡히는 선에서 끝나면 다행이지만 놈의 잔인한 표정으로 보아 가족들을 절대로 놓아줄 것 같지 않았다.

혼자 몸이라면 죽을 각오로 싸우고 그렇게 죽을 수도 있었다.

하지만 자신에게는 가족들이 있다.

만약 자신이 죽으면 저놈은 가족들에게 모든 분풀이를 할 것이다. 잔인한 입매와 뱀같이 차가운 눈빛으로 보아 그렇게 하고도 남을 놈이었다.

죽을 순간이 온다면 가족들과 같이 죽어야 할 것 같았다.

독하게 마음을 굳힌 하유걸은 검병을 굳게 틀어쥐었다.

"잡아!"

양명호가 짤막하게 지시를 내렸다.

쉬이익—

왼쪽에서 한 사내가 미끄러지듯 쇄도해 들었다. 그리고는 일도양단의 자세로 검을 휘둘렀다.

파앗—

하유걸의 검도 간결한 궤적을 그리며 사선으로 베어 올라갔다.

까앙—

쇳소리와 함께 한 자루 검이 튕겨 나갔다. 그 사이로 하유걸의 검이 쾌속하게 쑤셔들었다.

"크윽!"

짤막한 신음과 함께 먼저 공격했던 사내가 불신에 찬 눈으로 하유걸을 쳐다보았다.

하유걸은 사내와 눈을 마주치도 않고 검을 뽑았다.

아직도 놈들은 많이 남아 있었다. 한 놈의 죽음에 연연할 처지가 아니었다.

촤아아—

사내의 심장에서 터져 나온 피가 갑판을 적셨다. 그리고 그 선혈 위로 사내는 무너져 내렸다.

쉬이익—

반대쪽에서 다른 사내 하나가 바람처럼 날아들었다.

동료의 덧없는 죽음에 잠시나마 동요할 법도 한데 그런 건 일상사나 마찬가지라는 듯 사내의 눈에는 전혀 감정이 담겨 있지 않았다.

하유걸은 이를 악물고 다시 검을 휘둘렀다. 그때 또 한 명 의 사내가 하유걸의 뒤에서 검을 휘둘러 왔다.

깡!

앞선 사내의 검을 쳐 낸 하유걸이 검의 궤적을 바꾼 후 뒤 에서 날아드는 검을 막아갔다. 그때 또 한 사내의 검이 옆구 리를 쑤시고 들었다.

검을 거두고 바람처럼 뒤로 물러선 하유걸이 신형을 빙글 돌리며 맹렬하게 검을 휘둘렀다.

파츠츠츠—

하유걸의 검에서 새하얀 아지랑이가 쏟아졌다.

한 자가 넘는 검기였다.

파앗!

팟!

달려들던 두 사내가 급히 신형을 틀며 뒤로 물러났다. 그러나 그들의 어깨와 허리 어림에서 핏물이 튀었다.

신속히 물러난 덕분에 치명상은 면했지만 적지 않은 상처를 입었다.

두 사내의 눈에 은은한 경각심이 피어올랐다.

하유걸이 검기를 날릴 만한 수준이라고는 생각지 못한 표정이었다. 그의 내력이 더 높아 검기가 한 뼘만 더 길었다면 자신들은 팔이 떨어져 나가고 내장이 흘러나올 정도로 깊은 상처를 입었을 것이다.

잠시 소강상태가 이어졌다.

검기를 뿌리는 고수를 상대하며 숨을 고르는 것이다.

"역시 삼 할 이상의 실력을 감추고 있었어."

양명호가 감탄사를 토했다.

비록 한 자 정도 길이로 뿌리는 수준이었지만 검기를 뿌리는 것과 그렇지 못한 것은 천지 차이다. 그것을 알기에 부하들도 함부로 접근을 못하고 있었다.

"후후!"

낮게 웃은 양명호가 검병을 잡았다.

자신이 나서서 기를 꺾은 후 부하들에게 넘길 생각이었다.

"당두님!"

양명호의 손이 검을 뽑으려는 찰나, 주변을 포위하고 있던 부하들 속에서 다급한 목소리가 울렸다.

양명호의 눈 사이가 좁혀졌다.

포위망을 펼친 일곱 척의 쾌선 뒤에서 다른 쾌선 한 척이 빠르게 다가오고 있었다. 양명호를 부르는 소리는 그곳에서 들려왔다.

"놈은 가짜입니다. 진짜는 강 저쪽으로 도망가고 있는 놈입니다."

"뭐?"

양명호는 불식간에 내뱉었다.

고함을 지른 부하는 며칠 전, 비마방에서 전해온 정보를 따라 추적한 부하 진표였다.

그때는 그놈들이 혼선을 주기 위한 가짜라 생각했는데 그게 진짜라는 말이다.

"대체 무슨 소리냐?"

양명호가 고함을 질렀다.

"또 속았습니다. 그놈은 가짜입니다. 진짜는 저쪽에 있습니다. 그놈에게 부하들이 모두 당했습니다."

진표가 억눌린 목소리로 고함을 질렀다. 부하들을 모두 잃고 도망쳐 온 탓인지 목소리가 계속 갈라져 나왔다.

"망할!"

양명호는 이를 갈았다.

이제껏 열 번도 더 속았는데 또 속았다는 말이다. 정말 찢어 죽이고 싶은 놈이었다.

"다섯은 남아 그놈을 잡고, 다른 사람은 모두 따라와!"

잇새로 말한 양명호가 몸을 날렸다.

설사 진표가 잘못 알았다 하더라도 이놈은 독 안에 든 쥐다. 그러니 달아나고 있는 놈을 우선 쫓아야 했다. 만에 하나 달아나는 놈이 진짜라면 천추의 한을 남길 것이다.

휘익!

양명호와 부하들이 옆쪽 쾌선에 내려서는 순간, 진표가 몸을 솟구치며 양명호에게로 날아왔다. 동시에 진표의 신형 뒤에 있던 부하 하나는 비조처럼 추곡선으로 날아갔다.

영문 모를 사태에 양명호의 부하들이 멀뚱히 두 사람을 지켜보았다.

굳이 진표가 이곳으로 날아올 이유도 없었고 추곡선에 인원을 보충할 필요도 없었다.

"엇!"

갑자기 누군가 고함을 질렀다.

신법을 펼쳐 날아오는 진표의 모습이 이상했다. 몸의 균형이 무너지며 그냥 짐짝처럼 날아오고 있었다. 그리고는 쿵! 하고 쾌선 바닥에 처박혔다.

"죽었다!"

다른 사내 하나가 고함을 쳤다.

날아온 진표는 신법을 펼친 것이 아니라 뒤에 있는 사내에게서 죽은 채로 던져진 것이었다.

"저놈!"

양명호가 이를 악물며 추곡선으로 날아가는 인영을 향해 고함을 질렀다.

파앗—

짧은 순간 진표의 뒤에서 추곡선으로 몸을 날린 괴인영이 허공에 뜬 상태로 검을 휘둘렀다.

파아앙—

괴인의 검에서 새파란 빛줄기가 작렬했다. 그리고는 벼락이 되어 추곡선으로 떨어져 내렸다.

추곡선에 남아 있던 사내 다섯 명이 대경실색을 하며 검을 쳐올렸다.

찌잉—

기이한 음향과 함께 두 사내의 검이 한꺼번에 조각나 날아갔다. 뒤이어 두 사내의 가슴과 어깨, 허리 등이 쩍 갈라지며 선혈이 튀어올랐다.

턱!

순식간에 두 사내를 해치운 괴인은 추곡선 갑판으로 내려섰다.

내려섬과 동시에 그의 신형이 남은 세 사람 사이로 스며들었다가 하유걸 앞으로 빠져나왔다.

순간적으로 강 위의 모든 시간이 정지해 버렸다.

양명호의 고함에 몸을 날리려던 동창의 사내들도, 고함을 지른 양명호도 괴인의 검에서 터져 나온 시퍼런 빛줄기에 멈칫 몸이 굳어버렸다. 또한 추곡선을 둘러싸며 포위망을 펼치고 있던 사내들도 멍하니 추곡선만 바라보고 있었다.

첨벙!

풍덩!

괴인의 검에서 터져 나온 빛줄기에 가슴이 갈라진 동창의 번역 두 명이 물속으로 처박히며 강물 깊이 잠겨들었다.

뒤이어 세 명도 선혈을 뿌리며 물속으로 처박혔다.

비로소 시간의 추가 다시 움직이기 시작했다.

"한성⋯⋯."

하유걸이 앞에 선 괴인을 향해 넋 나간 음성으로 중얼거렸다.

죽립을 깊이 눌러쓰고 있어 정체를 알긴 힘들었지만 이 순간 그가 아니면 누가 저 자리에 서 있으랴.

"오랜⋯ 만입니다, 국주님."

천천히 죽립을 벗어든 유한성이 하유걸을 향해 흐릿하게 미소 지었다.

하유걸은 아무런 대답도 하지 못했다. 다만 격랑에 휩싸인 듯 흔들리는 눈으로 유한성을 바라보기만 했다.

자신보다 한 뼘은 더 큰 키에, 천년거암처럼 강해 보이는 어깨!

예전보다 훨씬 더 윤곽이 뚜렷해진 이목구비!

만 년이 지나도 꺾이지 않을 집념이 고스란히 드러나는 입매!

온 식구가 한마음으로 기다리던 유한성이었다.

"와… 주었구나."

한참 후 하유걸이 갈라지는 목소리로 말했다.

"수린이는……?"

유한성은 하수린의 행방부터 물었다.

"선실 안에 있네. 무사… 하다네."

"다행이군요."

유한성이 고개를 끄덕였다.

"데려오겠네."

딸 수린이 얼마나 유한성을 기다렸는지 잘 알기에 하유걸은 서둘러 선실로 내려가려 했다.

"이젠 시간이 많습니다."

유한성이 침착하게 말했다.

이제까지는 촌각을 다투었지만 더 이상은 그럴 필요가 없다는 말이었다. 또한 지금부터는 아무 걱정 말라는 의미이기도 했다.

"그렇구나. 안전한 상황에서 천천히 만나도록 하게."

하유걸이 고개를 끄덕였다.

어느새 그의 얼굴에는 일점의 초조한 기색도 남아 있지 않았다.

그사이 유한성이 타고 왔던 쾌속선이 추곡선으로 다가왔다.

포위망을 형성하고 있던 다른 쾌선들은 아무도 그 배를 제지하지 않았다.

포위망 밖으로 도망간다면 추격을 하거나 막을 테지만 스스로 포위망 안으로 들어오는 이상 막을 필요가 없다고 생각한 것이다.

또한 포위망 밖과 안에 있는 적을 상대하는 것보다 모두 포위망 안에 가두어놓고 상대하는 것이 나았기 때문이기도 했다.

펄럭—

다가오던 쾌선을 뒤덮고 있던 장막이 걷혀졌다. 그리고 그 안의 광경이 드러났다.

두 명의 여인과 중년 사내, 그리고 세 청년의 모습이 제일 먼저 눈에 들어왔다.

한 여인은 얼굴까지 옷을 뒤집어쓰고 있었다.

하수린으로 변장한 사진혜였다.

"허리 끊어질 뻔했네!"

얼굴까지 감싼 옷을 벗어 던진 사진혜가 잘록하게 허리를 졸라맨 끈을 풀며 길게 한숨을 내쉬었다.

끊어질듯 잘록했던 허리가 정상으로 되돌아왔다.

"덕분에 날씬해졌는데, 뭘!"

임소령으로 변장한 송자영이 피식 웃으며 말했다.

어느새 그녀는 자신의 독문병기인 장창을 꼬나들고 있었다.

"나도 좀 갑갑하군!"

생사혈검 오필만이 겉옷을 벗었다.

건장한 체격의 하유걸에 비해 호리호리한 몸매의 그는 옷속에 솜뭉치를 넣고 있었다.

"우린 그런대로 편하게 왔는데… 지금부터는 아닐 것 같군."

유병학이 주변을 둘러보며 중얼거렸다.

그는 사진용, 정기문과 함께 하유걸의 세 아들 역할을 맡고 있었다. 그리고 그들 뒤로는 성권일, 이수찬이 웅크리고 있다가 같이 몸을 일으켰다.

그들을 쳐다보는 양명호의 눈에서 불길이 튀었다.

혼란스럽던 상황이 확연히 이해가 되었다.

쾌선을 타고 추적하기 전, 하유걸 일행이 탄 것으로 보이는 마차가 강 너머에서 달리고 있다는 비마방의 정보를 전해 받았다. 그래서 진표와 부하 다섯을 보냈는데 함정이었다.

'저놈들……'

저놈들이 함정을 파고 기다리다가 진표와 부하들을 사로 잡아 역추적을 하여 이곳까지 온 것이다.

부르르―

사진용 남매와 유병학 등이 모두 추곡선으로 오르자 양명호가 으스러져라 주먹을 쥐었다.

잠시 후 냉정을 되찾은 양명호의 입술이 비틀어졌다.

"조력자란 말이지? 같이 잡으면 더 유용하겠군."

양명호는 차가운 미소를 지었다.

"저 도둑놈들!"

강변 쪽에서 나아가는 상선의 갑판 위에서 한 청년이 눈살을 찌푸리며 내뱉었다.

쾌룡방의 배가 빠르게 움직이고 있다는 것은 먹잇감을 발견했다는 말이다.

이곳 수로를 장악한 쾌룡방의 횡포는 날로 심해져서 이젠 장사를 해도 남는 게 별로 없었다. 막말로 수로를 포기하고 표국을 통해 화물을 운반하는 방안을 심각하게 생각할 정도였다.

그런 차에 여러 척의 쾌선이 물살을 가르고 나아가고 있으니 절로 화가 치밀어오르는 것이다.

"대체 얼마나 뜯어먹으려고 저 난린가?"

쾌선이 추곡선을 포위하고 있는 것을 본 청년은 강물을 향해 침을 뱉었다.

"지겨운 놈들. 모두 물에 빠져 물귀신이 되어버려라!"

옆에 있던 여인도 악담을 했다.

두 사람이 많이 닮은 것으로 보아 남매인 듯했다.

"엄마야!"

악담을 하던 여인이 비명을 질렀다.

자신의 악담이 끝나자마자 쾌선에서 한 사내가 추곡선으로 비호처럼 날아가더니 추곡선에 있던 다섯 명의 사내를 베어버렸고 그들은 즉시 물속으로 떨어져 물귀신이 되었다.

그야말로 자신의 악담이 한 호흡도 지나기 전에 실행된 것이다.

'검기?'

청년도 입을 딱 벌렸다.

여인은 멀어서 보지 못했지만 무공이 더 높은 청년은 똑똑히 보았다.

세 명을 베어버리기 전에 허공에서 검을 휘둘러 두 명을 먼저 벤 것은 검기였다.

그것도 이 장이 넘는 길이의…….

대체 누구이기에 저런 정도의 검기를 뿌린단 말인가?

사내의 그런 신위에 잠시 소강상태가 되었다.

그리고 사내가 천천히 죽립을 벗었다. 그리고는 건장한 체격의 중년인과 잠시 마주보다가 고개를 숙였다.

"엇! 저 청년은?"

마침내 청년이 비명성을 토했다.

"왜 그래요, 오빠? 아는 사람인가요?"

여인이 눈을 동그랗게 뜨며 청년을 쳐다보았다.

"저 청년… 내 말을 가져, 아니, 빌려간 그 사람이다."

오성상단 상단주의 장남 채호영의 목소리가 떨려나왔다.

"저, 정말인가요? 정말 그 사람인가요?"

채영영도 놀란 음성과 함께 눈을 가늘게 떴지만 그녀의 안력으로는 제대로 보이지 않았다.

"조금 더 가까이 가보자."

채호영이 손짓을 하여 배를 강 중앙으로 몰게 했다.

"어쩌려고 그래요?"

채영영이 겁에 질린 표정과 함께 고함을 질렀다.

"말을 아직 못 돌려받았으니 여기서라도 돌려받아야지."

채호영이 유한성에게 시선을 못 박은 채 대꾸했다.

"그게 말이 된다고 하는 소리예요."

채영영이 더 크게 고함을 질렀다.

오빠 채호영이 만만치 않은 무공을 익히고 있었지만 기껏해야 일류고수의 수준이다. 그러나 저 추곡선 위에는 시퍼런 검기가 작렬하는 싸움이 벌어지고 있었다. 그런 곳으로 섣불리 다가섰다가는 날벼락을 맞을지도 몰랐다.

"어서 배를 저 추곡선 가까이로 모시오!"

동생 채영영의 걱정과는 아랑곳없이 채호영이 선원들을 향해 고함을 질렀다.

　"아이고! 그러다간 모두 수장됩니다, 소단주님!"

　늙은 선원 하나가 반쯤 울며 고개를 저었다.

　"내 말대로 하면 이달 월봉은 두 배로 쳐 주겠소."

　채호영이 마주 고함을 질렀다.

　"……."

　"세 배!"

　"……."

　"좋소! 다섯 배!"

　"모두 들었지? 어서 추곡선을 향해 배를 몰아라."

　늙은 선원이 득달같이 고함을 질렀다.

독탄(毒彈)

第六十二章

"그동안 제법 영리했다. 하지만 이젠 독 안에 든 쥐니 모조리 수장시켜 주겠다."

양명호의 눈에서 독사 같은 안광이 뻗어 나왔다.

"거리를 조금 더 벌려라!"

심호흡을 한 양명호가 지시를 내렸다.

가공할 검기로 부하 두 명을 순식간에 고혼으로 만들어 버리는 실력이라면 충분한 거리를 두고 사냥을 하는 것이 낫다. 그렇게 하여 상대의 힘을 뺀 후 벼락처럼 숨통을 끊는 것이다.

"단궁!"

충분히 거리가 벌어지자 양명호가 고함을 질렀다. 그러자 동창의 사내들이 일제히 왼쪽 소맷자락을 걷어올렸다.

소매 안으로 드러난 그들의 왼팔에는 당문의 그것처럼 투수(套袖:토시)가 채워져 있었다.

"겨냥!"

양명호가 다시 고함을 지르자 사내들이 포권을 취하듯 왼팔을 앞으로 내밀었다.

처처처척!

사내들이 투수에서 무언가를 꺼내 오른손에 들었다. 그리고는 뒤로 잡아당겼다.

찌이잉—

실이 당겨지는 소리와 함께 사내들은 일제히 살기를 뿜었다.

"투수전(套袖箭)이네!"

생사혈검 오필만이 다급하게 소리쳤다.

투수전은 특수하게 만든 투수에 탄력이 좋은 물소뿔 단궁을 역시 특별히 제작하여 넣어 다니다가 필요시에 시위를 걸어 화살을 발사하는 무기였다.

보통 활에 비해 반도 안 되는 크기였고, 그 사거리 역시 마찬가지였지만 이처럼 적당히 가까운 거리에서는 최강의 위력을 발휘하는 무기였다.

원래 동창의 창위들은 소매에 용수철이 들은 대롱을 착용하고 다니며 대롱을 통해 수전을 쏘아대는데 투수전보다 위력이 약했다.

놈들은 그 위력을 훨씬 높이는 장치로 투수전을 개발하여 추곡선을 향해 겨누고 있었다.

"발사!"

피피피피피피핑!

양명호의 고함과 함께 짧지만 강력한 힘이 실린 화살들이 사방에서 새까맣게 날아왔다.

원거리에서 포물선을 그리며 날아오는 것이 아닌, 가슴이나 배를 향해 직선으로 날아오는 화살이기에 더욱 살벌했다.

유한성이 검을 휘둘렀다.

우우웅―

검막이 펼쳐지며 앞쪽의 화살들이 모두 튕겨났다.

그러나 화살은 뒤쪽과 양옆에서도 날아왔다. 뒤쪽의 화살은 유병학과 사진용이 쳐 내고 양옆은 하유걸과 오필만이 맡았다.

피피피피핑―

다시 화살들이 직선으로 날아왔다.

언제까지나 막강한 내력이 필요한 검막을 펼칠 수는 없었다.

이한성은 검을 빠르게 휘둘러 날아오는 화살들을 모조리 쳐 냈다. 그 틈을 타 옆에 있던 사진혜가 제일 가까운 쾌선에 있는 번역들을 향해 암기를 뿌렸다.

피피핑—

미세한 파공음만 남기고 보이지도 않는 암기가 세 명의 사내를 향해 날아갔다.

세 명의 사내가 피풍의로 몸을 감쌌다.

파파파팟!

암기가 피풍의에 막혀 모두 튕겨났다.

보통의 피풍의가 아니었다. 아마도 피풍의 속에 강사 그물 같은 것을 덧대 그것들이 암기를 튕겨낸 모양이었다.

피피피핑—

다시 화살들이 날아왔다.

"저쪽으로!"

생사혈검 오필만이 송자영과 사진혜의 어깨를 잡아당기며 몸을 날렸다.

추곡 가마니가 큰 바위 모양으로 쌓인 곳이었다.

그곳으로 이동하면 바위 뒤로 은신한 것처럼 뒤쪽은 신경 쓰지 않아도 된다.

모두 그쪽으로 신형을 옮겼다.

피피피피피핑—

다시 화살들이 쏟아졌다.

"암기를 날려!"

유한성이 사진용을 향해 소리를 질렀다.

사진용이 손가락에 끼운 동전을 날렸다.

피이잉—

네 개의 동전이 섬뜩한 파공음을 뿌리며 날아갔다.

앞쪽에 있는 사내들이 다시 피풍의를 들어 올렸다. 동전 정도는 튕겨낼 수 있다는 자신감에 찬 표정이었다.

그 순간 유한성이 검을 던졌다.

쌔애애액—

적운검이 호곡성을 토하며 날아갔다.

십 장의 거리에서도 목표물의 목을 벨 수 있는 비검술이었다.

파파팟!

동전을 막기 위해 피풍의를 들어 올렸던 세 사내의 상체가 피풍의와 함께 갈라지며 물속으로 처박혔다. 들어 올린 피풍의에 가려 날아오는 검을 보지 못한 것이다.

옆에서 같이 화살을 재우던 사내들이 급히 시위를 풀고 뒤로 물러났다. 화살 한 발은 더 날릴 수 있겠지만 그사이 목이 달아날 것은 자명했다.

쌔애애액—

다시 적운검이 날았다.

그러나 이번에는 빈 공간만 가른 채 되돌아왔다. 화살 공격을 포기한 신속한 선택이 사내들의 목숨을 살렸다.

"던져라!"

고함과 함께 갑자기 옆쪽에서 퍼엉! 하는 폭음이 울리며 추곡선 속의 곡식들이 허공으로 터져 올랐다.

"아악!"

송자영이 비명을 질렀다.

그녀의 옷자락에 불길이 번지고 있었다.

화탄 공격이었다.

가득 쌓인 추곡 가마니와 유한성의 비검술로 인해 투수전 공격이 여의치 않자 놈들은 화탄을 던진 것이다.

"가지가지 하는군!"

송자영의 옷에 붙은 불길을 털어낸 오필만이 잇새로 내뱉었다.

무소불위의 권력을 휘두르고 있는 동창이다 보니 일반인들에게는 철저히 금지시키는 화탄도 마음대로 가지고 다녔다.

펑!

다시 추곡선 위쪽에서 폭음이 울렸다. 그 여파로 가마니들이 쏟아져 내렸다.

이젠 더 이상 추곡선 가마니들이 엄폐물이 되지 못했다. 잘못하면 같이 휩쓸려 물속에 처박힐 수도 있었다.

쉬이익—

이젠 앞쪽에서도 화탄이 날아왔다.

유한성이 검을 휘둘렀다.

콰아앙—

검풍에 휩쓸린 화탄이 되돌아가며 터졌다.

그 사이 옆쪽에서도 화탄이 날아왔다.

휘이익—

오필만이 양손으로 가마니 두 개를 잡아 동시에 던졌다.

퍼엉!

펑!

가마니에 부딪친 화탄이 허공에서 폭발하며 불길을 토했다.

실전검의 명수답게 지형지물을 이용하는 능력이 돋보이는 순간이었다.

촤아아—

화탄에 터진 두 자루의 가마니에서 쏟아진 추곡이 먼지와 함께 비산하며 잠시 시야가 가려졌다.

"여긴 어떻게든 우리가 막을 테니 자넨 저놈들을 처치하게."

오필만이 떨어져 내리는 가마니 두 개를 다시 잡은 채 강물 위로 던졌다.

풍덩!

풍덩!

가마니 두 개가 오 장 간격으로 수면 위에 떨어졌다.

무거운 추곡이라 가라앉기 시작했지만 바위처럼 바로 물

속에 처박히지 않았다. 두꺼운 짚으로 만들어진 가마니와 껍질을 벗기지 않은 곡식들이 약간의 부력을 형성해 잠시나마 물 위에 떠 있었다.

그 정도면 충분했다.

파앗—

발끝으로 뱃전을 박찬 유한성이 몸을 날렸다. 그리고는 가라앉기 직전의 가마니 두 개를 징검다리처럼 밟으며 한 척의 쾌선에 날아올랐다.

쐐애액—

유한성의 검이 바람을 갈랐다.

선혈이 솟구치며 두 개의 수급이 동시에 떠올랐다.

그러나 유한성은 이미 그 자리에 없었다.

다시 세 사내의 가슴이 쩍 벌어지며 선혈이 터져 나왔다.

"이놈!"

옆쪽의 사내 하나가 흉신악살같이 고함을 지르며 유한성을 향해 검을 뿌렸다.

순식간에 다섯 명의 동료가 고혼이 되는 것을 본 사내는 수비는 도외시한 채 동귀어진의 수법으로 쇄도해 들었다.

유한성이 상체를 틀었다. 그리고는 검을 사선으로 쳐올렸다.

채앵—

검과 함께 복부가 쩍 갈라진 사내의 눈이 왕방울처럼 커지며 강물 속으로 떨어졌다.

그것을 본 쾌선방의 수적들이 기겁을 하며 물속으로 뛰어들었다.

쾌선을 다루는 데는 타의 추종을 불허했지만 싸움은 주종목이 아니었다.

유한성은 차가운 눈으로 검을 휘둘렀다.

물속에 뛰어들어 강변으로 헤엄을 쳐 달아나던 쾌룡방 방도들의 등이 쩍 갈라지며 강물이 시뻘겋게 물이 들었다.

살인멸구를 위한 무정한 손속이었다.

"제, 제발! 우리는 시키는 대로 했을 뿐이오."

쾌룡방의 사내 하나가 물속에서 두 손을 모아 애원했다.

그러나 유한성의 검은 추호의 망설임없이 사내의 가슴을 스치며 지나갔다.

가슴이 길게 잘린 사내가 눈을 까뒤집으며 물속으로 잠겨들었다.

물속으로 뛰어들어 달아나려던 쾌룡방 사내들이 모두 도륙되자 더 이상 헤엄을 쳐 달아나려는 사람은 없었다.

물속에 뛰어들어 봐야 더 빨리 죽으니 차라리 배 위에서 싸우다 죽는 것이 낫다는 판단을 한 것이다.

쾌선 한 척을 완전히 장악한 유한성은 추곡선을 향해 고개를 돌렸다.

어느새 피풍의 차림의 몇 놈이 추곡더미 위로 날아오르고 있었다.

높이 쌓아올린 추곡더미는 든든한 방벽이기도 했지만 그 뒤쪽은 동창 놈들이 아무 제지도 받지 않고 내려설 수 있는 공간이기도 했다.

한 놈이 뛰어내리려는 순간 송자영의 장창이 날아오르며 놈의 배를 꿰뚫었다.

뒤이어 유병학의 검이 다른 한 놈의 목을 날렸다.

오성에 이르고 있던 성취가 육성으로 높아진 후 유병학의 검은 훨씬 날카로워졌다.

그 순간, 다른 한 놈이 공중제비를 돌며 뛰어내렸다. 그러면서 그는 허공에서 일검을 날렸다.

파앗—

추곡선 더미를 차고 오른 오필만의 검이 백광을 뿌렸다.

깨끗하면서도 빈틈을 파고드는, 사진용의 검을 훨씬 능가하는 살인검이었다.

공중에서 몸을 비틀던 사내가 피를 뿌리며 물속으로 떨어졌다.

파앗—

이번에는 하유걸이 추곡더미 위로 솟아오르며 검을 그어내렸다.

추곡 더미 뒤쪽에서 솟구치던 사내의 어깨가 가슴까지 갈라지며 도로 미끌어져 내렸다.

생사혈검 오필만은 하유걸과 유병학, 사진용 남매만 남겨 놓고 무공이 약한 타격대 대원들을 아예 가마니를 쌓아올려 덮다시피 해버렸다.

가마니는 화살 공격에서도 안전했고 화탄도 뚫지 못했다. 이런 상황에서는 바위보다 훨씬 더 좋은 엄폐물이었다.

당분간 그쪽은 걱정하지 않아도 될 것 같았다.

유한성은 뱃전을 향해 검을 휘둘렀다.

노가 두 동강 나며 솟구쳐 올랐다.

파팟―

검신으로 노를 쳐 낸 유한성은 몸을 날렸다.

촤아악!

수면을 미끄러져 가는 노 두 개를 징검다리 삼아 십 장도 넘는 거리를 건너뛴 유한성은 다른 쾌선으로 날아올랐다.

쐐애액―

갑판에 발이 닿기도 전에 세 자루의 검이 한꺼번에 날아들 었다.

좌우와 앞쪽을 점하며 날아드는 검은 전문적으로 합격술 을 익힌 것처럼 빈틈없고 날카로웠다.

치이이잉―

유한성의 검이 기음을 토하며 새하얀 광채를 뿌렸다.

마라십이검 중 일초식인 검로여의(劍路如意)의 가공할 검 기였다.

검기에 당한 세 사내가 한꺼번에 허리가 양단되며 바닥으로 무너졌다.

무너지는 순간에도 사내들의 눈은 자신들의 상태를 의식하지 못한 채 전의에 불타고 있었다.

"저놈!'

양명호가 자신도 모르게 소리를 질렀다.

그의 입술이 파르르 떨었다.

조금 전 유한성이 펼친 검기는 절대로 잊을 수 없는 것이다.

마라십이검의 검초였다.

비록 유한성이 초식의 특징이 드러나지 않는 일초식을 뿌렸지만 형 양신호의 원수를 갚기 위해 이를 갈면서 청해마검 한조산의 마라십이검에 대해서 오랜 시간 철저히 조사한 양명호는 마라십이검의 검기를 알아보았다.

한 번도 직접 본 적은 없지만 분명 저 어린놈의 검에서 쏟아지던 검기는 마라십이검의 검기였다.

부하들의 허리를 가를 때는 하나로 합쳐 장검처럼 변했지만 검첨에서 터질 때는 마라검기가 확실했다.

세상 모든 사람은 그것을 몰라봐도 자신을 그것을 알 수 있었다.

양명호의 가슴이 방망이질을 쳤다.

청해마검은 살아 있다!

살아 있을 뿐 아니라 제자까지 키웠다.

그 제자가 하유걸 가족이 위기에 빠지자 스승이 그랬던 것처럼 마라검기를 뿌리며 부하들을 도륙하고 있었다.

양명호는 불식간에 손끝이 떨리는 것을 느꼈다.

하유걸을 잡고 청해마검의 은신처를 알아낸 후 동창의 힘으로 충분히 준비를 하여 청해마검을 잡을 작정이었다. 그런데 일은 엉뚱한 방향으로 흘러갔다.

하유걸에게 접근하기도 전에 청해마검의 제자가 이곳에 나타났다.

동창의 당두들이 몇 명이나 한꺼번에 달려들어도 추풍낙엽처럼 베어버린 청해마검!

비록 그 제자라 할지라도 자신의 상대가 아니었다.

놈은 청해마검이 뿌렸다던 마라검기에 전혀 손색없는 검기를 뿌리고 있다.

아직은 정체를 드러내지 않기 위해 제대로 뿌리지 않고 있지만 그것으로도 부하들은 추풍낙엽이었다. 그러니 지옥의 그물 같은 검기가 제대로 터져 나오면 또 얼마만 한 위력일지 알 수 없다.

또한 자신의 사부 못지않게 비정하고 잔혹했다.

그런 그가 닥쳐들면 자신은 시신조차 부지할 수 없을 것이다.

복수는 차후의 일이고 우선은 목숨부터 부지해야 했다.

"독탄을 준비하라!"

양명호가 이를 갈며 손을 들어 올렸다.

다행하게도 바람은 자신의 편이었다.

"더 이상 생포할 필요 없다. 독탄을 모두 터뜨려라."

양명호가 독기 어린 고함을 질렀다.

『무정철협』 6권에 계속…

이제부터 전자책은

이젠북

www.ezenbook.co.kr

새로운 세계가 열린다!

서현 『조동길』　남운 『개방학사』　백연 『생사결』
목정균 『비뢰도』　좌백 『천마군림』　수담옥 『자객전서』
용대운 『천마부』　설봉 『도검무안』　임준욱 『붉은 해일』
진산 『하분, 용의 나라』　천중화 『그레이트 원』

이름만 들어도 황홀할 정도의 별들의 향연!

이들의 "유료연재"가 시작됩니다!

검색창에 **이젠북** 을 쳐보세요! ▼ 🔍

생존록

홍준성 퓨전 판타지 소설

FUSION FANTASTIC STORY

대한민국 평범한 청년 정우성.
어느날 합숙을 가러 집을 나섰는데,

휘이이잉―

"이, 이게 무슨……?"

눈앞에 펼쳐진 설원.
설원을 지나니 이번엔 밀림이?

보랏빛 행성이 하늘에 떠 있고 나무가 살아 움직인다.

"살아남아 반드시 지구로 돌아가리라!"

베인의 이계 생존록.
살아남기 위한 그의 처절한 노력이 시작된다.

Book Publishing CHUNGEORAM

유행이 아닌 자유추구
WWW.chungeoram.com

이문혁 장편 소설

FUSION FANTASTIC STORY

BONG CENTER

PURSUER

퍼슈어

「난전무림기사」, 「마협 소운강」의 작가 이문혁
그가 그려내는 현대물의 신기원!

서울 서초구 고층 빌딩 사이에 존재하는
아는 사람만 아는 미지의 건물 봉 센터.
베일에 쌓인 그곳에 오늘도
정보에 목마른 자들이 왕래한다.

정계의 비밀부터 국가 기밀까지,
혹은 사회를 떠들썩하게 만든 사건의 정보까지!
원하는 모든 것을 찾아주나,
아무나 그곳을 찾을 수는 없다!

그대여, 이런 현대물을 본 적이 있는가!
이 세상의 어둠 속에서 숨 쉬는
또 다른 세상의 이면을 즐겨라!

김중완 장편 소설
FUSION FANTASTIC STORY
서린의 검
Seorin's Sword
2013년 봄과 함께 찾아온 청어람 추천작!
『로드 오브 마스터』, 『신검신화전』의 김중완.
그가 돌아왔다!
번개와 함께 찾아온 검.
그 검과 찾아든 기연은 운명을 개척한다!
그 어떤 누구도 그가 가는 길을 막을 수 없다!
절대 강자 서린의 호쾌한 독보를 기대하라!
"내 앞을 막지 마라! 이것이 나의 검이다!"
우리는 그를 가리켜 검의 주인, 마스터라 부른다!
『서린의 검』
Book Publishing CHUNGEORAM
www.chungeoram.com